BALADA POR ANITA GARIBALDI E OUTRAS HISTÓRIAS *CATARINAUTAS*

DEONÍSIO DA SILVA

BALADA POR ANITA GARIBALDI E OUTRAS HISTÓRIAS *CATARINAUTAS*

MINOTAURO

BALADA POR ANITA GARIBALDI
E OUTRAS HISTÓRIAS *CATARINAUTAS*

AUTOR: Deonísio da Silva

DIRETOR DA ALMEDINA BRASIL: Rodrigo Mentz
EDITOR DE CIÊNCIAS SOCIAIS E HUMANAS: Marco Pace
ASSISTENTES EDITORIAIS: Isabela Leite e Larissa Nogueira

REVISÃO: Oficina das Palavras
DIAGRAMAÇÃO: Almedina
DESIGN E ILUSTRAÇÃO DA CAPA: Arlinda Volpato

ISBN: 9786587017242
Agosto, 2021

Dados Internacionais de Catalogação na Publicação (CIP)
(Câmara Brasileira do Livro, SP, Brasil)

Silva, Deonísio da
Balada por Anita Garibaldi e outras histórias catarinautas / Deonísio da Silva. -- São Paulo : Minotauro, 2021.

ISBN 978-65-87017-24-2

1. Literatura 2. Garibaldi, Anita, 1821-1849 - Ficção 3. Ficção brasileira I. Título.

21-70518 CDD-B869.3

Índices para catálogo sistemático:

1. Ficção : Literatura brasileira B869.3

Cibele Maria Dias - Bibliotecária - CRB-8/9427

Este livro segue as regras do novo Acordo Ortográfico da Língua Portuguesa (1990).

EDITORA: Almedina Brasil
Rua José Maria Lisboa, 860, Conj.131 e 132, Jardim Paulista | 01423-001 São Paulo | Brasil
editora@almedina.com.br
www.almedina.com.br

Para Arlinda Volpato e Wilson Volpato:
eles sabem por quê.

UMA NOTA SOBRE ANITA

ESPERIDIÃO AMIN

Duas frases resumem este texto que ofereço em homenagem à iniciativa do nosso genial Deonísio Silva:

"Eu queria contar uma história de amor", dele próprio, e "Um filho num braço, no outro um fuzil", da música Anita Garibaldi, de Marlene Pastro.

Wolfgang Ludwig Rau, devotado biógrafo de Anita, descreveu com riqueza de detalhes, no livro "Anita Garibaldi – O Perfil de uma Heroína Brasileira", o nascimento da paixão que selou o destino do casal Anita-Giuseppe, decretado pela frase "Tu devi èssere mia!", incontroversamente a Giuseppe atribuída, expressando um misto de desejo e conformidade.

Não fosse a trajetória que a História registra, teríamos uma "história de amor", como proclama Deonísio na abertura desta "Balada". O que não é pouca coisa! É bonito e emocionante!

Contudo, a partir dos episódios de guerras registrados nos "dois mundos", temos a "construção" da jornada que resulta na escultura do monumento-túmulo de Anita na Colina do Janícolo, em Roma, com um fuzil na mão esquerda e um filho no braço direito. É a síntese da Mulher Guerreira, personagem maior da História de nosso Estado.

A criatividade de Deonísio impede que a Balada seja apenas um relato. Põe alma no diálogo póstumo de Bento Gonçalves com Giuseppe e faz transbordar paixão na fala de Anita. Enfeixa a saga Juliana e Farroupilha com a Federalista e o Contestado, deixando para as "lacunas" da biografia de Anita interrogações adicionais.

A propósito, quando o grande lageano Licurgo Costa, autor do monumental "O Continente das Lágens", recebeu a Medalha de Anita Garibaldi, fez questão de frisar sua homenagem à "conterrânea"...

A "Balada por Anita" é uma contribuição que adiciona humanidade – amor e paixão - às celebrações do segundo centenário do nascimento da Heroína de Dois Mundos.

No inventário do legado histórico de Anita Garibaldi, essas características vão nos ajudar a reforçar o conceito de que o Amor é a melhor energia do ser humano!

O senador Esperidião Amin foi governador de Santa Catarina por dois mandatos.

SUMÁRIO

BALADA POR ANITA GARIBALDI

I
Nota do ficcionista

Eu queria escrever uma história de amor. Queria contar do medo e da coragem, da paixão e do amor que marcaram a vida de Anita Garibaldi. Achei, porém, que sua história era tão fantástica e verdadeira que não precisava nem inventar. Retifiquei, porém, algumas coisas. Dei a palavra a Anita, ainda que de modo fugaz. E sintonizei uma conversa entre Garibaldi e Bento Gonçalves ocorrida em além-túmulo.

II
Anita Garibaldi, Vera Fischer, Arlinda Volpato e outras

Nos começos do século passado, o governo brasileiro, no intuito estratégico de proceder enfim à ocupação do território nacional, que ainda hoje não foi feita, sendo nosso país um dos menos habitados do mundo, empenhou-se na tarefa que ficou conhecida como a *imigração europeia*. A sabedoria popular resume de modo mais econômico este conhecimento, dizendo: "Pois é, encheram isso tudo de alemão, italiano e polaco!"

As alterações havidas foram tão profundas que o Século XIX foi um tempo que mudou tudo no Brasil meridional. Ele nos possibilitou sucessos admiráveis: a beleza e a sensualidade de uma loura charmosa e ousada que atende pelo nome de guerra de Vera Fischer; a artista plástica imaginosa e refinada, a Arlinda Volpato; os filósofos Ernildo Stein e Gerd Bornheim; os editores Carlos Jorge Appel, Roque Jacoby e Henrique Bertaso; os escritores Charles Kiefer, Armindo Trevisan, Péricles Prade e José Clemente Pozenato, que exumaram mitos antigos e incômodos; a escritora Edla van Stein, mais traduzida em outras línguas do que lida no estado em que nasceu; de vários monumentos a imigrantes, muitas indústrias, roças, imensas plantações de soja, fumo, arroz; o poeta Paulo Leminski; uma das frases mais bem cunhadas no Sul do Brasil, dizendo que o polaco é o negro do Paraná; um ficcionista que levou a história curta à miniatura, chamado Dalton Trevisan; um outro que reviveu a memória de uma guerra desconhecida, chamado Guido Wilmar Sassi, escrevendo, como Moisés, sobre uma tal de *geração do deserto*; um certo poder moderador das paixões latinas que as pessoas dessas paragens herdaram de alguma forma dos alemães em questão; um desperdício italiano, melhor dizendo um fausto vocabular, que se faz acompanhar sempre de uma coreografia de gestos; uma arquitetura singular, com casas de pedra cobertas de tábuas rachadas, fornos de pão separados das casas; os melhores vinhos do Brasil; imensas igrejas, verdadeiros templos de suas pequenas cidades; procissões puxadas por padres, frades ou comadres; campanários com seus sinos melodiosos; ordens religiosas; escolas à sombra de diversas igrejas e um sem-número de padres, ex-seminaristas, freiras caridosas e verdadeiras polindo suas virtudes no farfalhar de vestes vestais:

podiam todas ser *veras fischers*, mas assim mesmo lindas e talvez ainda mais corajosas acharam melhor seguir o chamado que vinha do harém do Senhor e hoje são todas esposas de Cristo; além delas, o sul produziu bispos que espalharam sua fama e seus sinais de contradição pelos quatro pontos cardeais, tornando-se, alguns deles, os próprios pontos cardeais da Igreja à que serviam; o monjolo, o moinho e o pilão também compõem o legado que vem do século que mudou tudo. Sabemos, porém, que esta enumeração é incompleta.

III
Um país ao sul de São Paulo

Ainda que orgulhosa de todos esses feitos e personagens, a nação meridional do país, que começa em São Paulo e vai até o mais longínquo sul do Rio Grande, não esquece a figura esplêndida de uma mulher como tantas outras, mas que teve uma vida intensa e trágica como poucas no périplo iniciado em Santa Cataria, em 1821, e concluído na Itália, em 1849. Aconteceu tanta coisa em sua vida que ao nascer chamou-se Ana Maria de Jesus Ribeiro da Silva, depois apelida Aninha do Antão, mas ao morrer já se chamava Anita Garibaldi, nome que ela própria moldou, e que é também o que ficou para sempre gravado nas pedras de todo o mundo, mas sobretudo na memória de muitos.

IV
Eles não deixam rastros no mar, mas na terra deixam

Os catarinenses que habitavam as terras banhadas pelo oceano Atlântico antes da chegada dos grandes contingentes de imigrantes alemães, italianos e polacos eram em sua grande maioria descendentes de açorianos. Esta evidência podia ser notada desde a forma de arrumar o cabelo, nas mulheres, ou nos chapéus dos homens, até as plantas dos pés, encarapitados em chinelos de tiras de couro e solas de madeira, por eles chamados de tamancos. Também nas canções alegres ou nos gemidos, pois há uma força de lamento açoriano, mesmo quando se esquece que é de rapina a ave que dá nome ao arquipélago de tantas ilhas. O oceano continuou a banhar as mesmas areias, indiferente à nova gente que suas águas haviam trazido. Mas se o mar continuou eternamente o mesmo, com seu lento cavalgar de ondas, que só galopeiam mais fortes pelos lados do mar grosso de Laguna, o mesmo não ocorreu com a paisagem, que foi sofrendo todo tipo de alteração. Por uma dessas fatalidades das ocupações territoriais, o mesmo homem, que no mar não deixa rastros, marca indelevelmente a terra onde pisa, trabalha, combate, ama e vive.

A gente de beira-mar e também aquela outra, que sopita sua vida às margens dos rios catarinenses, doces e trágicos, receberam bem os novos forasteiros. Nem todas as nações vindas pelas águas misturaram culturas e raças. Sólidos preconceitos, que vicejavam nos jardins de patologias diversas, impediram uma mistura maior. De todo modo, firmou-se, a partir da beira do mar e sob sua influência, um tipo humano que dá imenso valor a amizades instantâneas e, por certo, também solúveis.

Afetuosos e vulneráveis, os *catarinas*, como são chamados pela gente dos estados ao norte e ao sul, imprensados entre gaúchos receptivos e paranaenses arredios, não demoram muito a revelar uma irresistível queda para a prosa, que é deflagrada sob o menor pretexto. Por exemplo, se encontram um caminhante extraviado, que pergunta por algum rumo novo, o endereço certo, ainda que provisório, é o ponto em que se cruzaram perguntante e respondente. Acocorados uma boa meia hora, rastreiam árvores genealógicas, descobrem que são velhos conhecidos ou mesmo parentes e, se se encontrarem outras vezes, serão também compadres. Muito religiosos, é certo que o batizado será feito duplamente: em casa, logo que o rebento venha à luz, por precaução; já que a mortalidade infantil ainda é uma grande ameaça à expansão de tão simpáticos seres humanos, pelo menos que não se perca o desinfeliz nas trevas do limbo eterno; e na igreja, num domingo festivo, quando então a mãe vestirá seu melhor e estampado vestido, e o pai porá sua mais vistosa fatiota, a fim de, equiparando-se aos padrinhos e compadres, realizarem um batizado que preste.

V

Onde essa mulher nasceu? É verdade que morreu estrangulada?

Ana Maria, filha de dona Maria Antônia e 'seu' Bento, foi batizada assim, por certo. Este 'seu' é para reiterar que o dono do nome é o próprio e que ele é dele, não há outro proprietário, pelo que reitera-se, assim, a soberania do indivíduo sobre si mesmo, coisa de que até o Hegel não duvidava. Hegel, como se pode facilmente depreender, se tivesse emigrado seria catarinense. Ou gaúcho, talvez.

Despreocupados com a perdição da filha, que havia sido batizada apenas em casa, com respingos de água potável aspergida com um ramo de vassourinha do campo, seus pais só compareceram à igreja algum tempo depois, quando a menina já podia sentir a graxa dos santos óleos, a frescura da água-benta, cuja aspersão era renovada, e o gosto amargo do sal. Sem contar o cansaço do celebrante que, além de espalhar óleo, água e sal em todo o criancedo, estava obrigado a registrar um por um em livro próprio, com o nome correto dos pais, dos padrinhos, das testemunhas e tudo o mais que a Igreja, preenchendo um claro, aberto pela omissão do Estado, sentia-se obrigada a fazer.

Pesquisadores que tudo devassam especularam muito sobre o nascente e o poente de Anita e encontraram aí dois enigmas. Primeiro, um grande mistério, aliado a algumas dúvidas: a heroína nasceu em Laguna, Tubarão ou Lages? Para dirimir arbitrariamente a dúvida, recorreu-se ao Judiciário. O juiz, depois de examinar as alegações juntadas, decretou em 1998 que ela nascera em Laguna. Resolveu a questão cartorial, restando todas as outras, porém. Há registros de muitos outros irmãos de Anita, mas o dela ainda está cercado de alguma névoa, semelhante àquela que às vezes cobre a terra onde ela viveu e onde foi descoberta por Giuseppe Garibaldi. Esta bruma é chamada de cerração pelos habitantes do lugar, e, quando é forte, encobre os horizontes, seja qual for o lado que se contemple. O outro enigma, este já um claro enigma, é do tempo em que Anita se pôs, acompanhando o sol, na Itália, em 1849. Disse o legista que examinou o cadáver: "Foi observado ter os olhos protrusos e metade da língua protrusa entre os dentes, além de traqueia rota e um sinal no pescoço, sinais inequívocos de estrangulamento sofrido". Anita morrera estrangulada? A cerração, em qualquer dos casos, sempre é desfeita. Basta esperar pelo Sol, que tudo ilumina.

VI
Alcovitações de uma viúva

Anita, batizada, cresceu em idade, sabedoria, beleza e graça. Seus biógrafos enfatizam demais os dois últimos itens. Deveria ser uma mocinha morena, dessas cheias de todo charme, que rebolam afoitas nas praias do oceano Atlântico, que tanto veneram, à mercê de maridos incautos, que ainda procuram. Quando adolescia, tomou-se de amores por um certo João Gonçalves Padilha, sargento de milícias, volúvel galã que infestava a costa com suas muitas namoradas.

Naquele tempo, porém, o casamento era tramado por outros que não os próprios interessados, de modo que, às vezes, a mocinha ia conhecer o feliz consorte somente à porta da igreja, que, de conluio com os poderes locais vigentes, muito ajudava o Estado nessas tarefas de distribuir com magnanimidade a pobreza e os encargos diversos da vida, de modo que a maioria pudesse ser pobre, sim, porém cheia de obrigações.

O pai de Anita não pôde tratar das alcovitações que arrumavam um marido para a filha, por motivo banal: vivendo entre costumes açorianos, estava atingido pelo cipoal burocrático de Portugal e, ao entrar numa repartição qualquer da época, foi-lhe exigido também, entre outros tantos documentos, o atestado de óbito, requisito ao qual atendeu, pouco antes de estourar a famosa revolução que proclamaria duas repúblicas no coração do Império do Brasil: a *Republica Piratini*, no Rio Grande do Sul, e a *República Juliana*, mais feminina, mais charmosa e mais vulnerável, sendo então a que, acompanhando o que acontecia com muitas crianças, morreu vítima de mortalidade infantil, que afetava também as nascentes e ousadas repúblicas latinas. Bentão, como era conhecido, para poder obter o atestado de óbito contraiu antes o perigoso tifo e, velho de cãs indefesas, cuidava de crianças no fim da vida, ainda que entrevado, tolhido, caído, quebrado, após o que morreu, como acontece com toda a gente. Entrevados, isto é, presos ao leito da doença e da morte é como têm morrido muitos catarinenses desde priscas eras!

Viúva, a mãe de Anita, dona Maria Antônia, torceu o coração de sua filha, virando-a para os lados de um certo Manuel Duarte de Aguiar, de olho num arrimo que ela, velha, já achava que estava precisando. Sua mãe não fez isso impunemente, como de resto todas as outras filhas contrariadas de Santa Catarina têm sabido demonstrar. Anita desviou o olhar do sargento preferido, sob o mando da mãe, e casou-se com esse sapateiro Manuel que gostava muito de cachorros e de pescarias noturnas. Em tudo, dizem os biógrafos de Anita, ele diferia da mulher: Anita era linda, ele era feio; Anita vivia alegre e sorrindo, ele jamais mostrava os dentes, sempre acabrunhado; Anita tinha um ventre venturoso e fértil, ele teria sido estéril; Anita tinha a euforia da vida, esta que se expande no rosto, sobretudo no olhar, ainda quando se está adolescendo, e o marido tinha somente essas alegrias fugazes e de sequelas terríveis, provocadas por bebedeiras; ela era muito dada com todos, sem desconfianças e cautelas ciumosas, e ele, ao contrário, tinha um ciúme doentio da mulher. E, por fim, a incompatibilidade fundamental: ela, sequiosa por alterações e mudanças diversas, era revolucionária ainda antes de seguir Garibaldi, engajando-se nas lutas de libertação do jugo imperial, porque, não fora assim, não o teria seguido; e ele, monárquico empedernido, achava que o mundo era assim desde todo o sempre e assim ficaria eternamente, porque quando nasceu já o encontrara do mesmo modo, e, se os seus antepassados não o haviam mudado, por que ele haveria de fazer o tumulto da alteração, a perturbação da mudança? A rebeldia de Anita deixou-o tonto. Perdido e confuso, abandonou a mulher, alistando-se no Exército Imperial. A bem da verdade, deve-se dizer Guarda Nacional, pois Exército só se formará no Brasil com a Guerra do Paraguai. E alistamento, no caso, o sujeito somente o fazia livremente coagido pelas autoridades do lugar. De modo que outro enigma se instala nesse caminho: ele partiu porque quis ou terá aproveitado a convocação para abandonar a mulher por quem antes estivera apaixonado? Outros maridos, igualmente convocados, faziam-se seguir pelas próprias mulheres que acompanhavam as tropas em seus deslocamentos. Por que Manuel não levou Anita junto com ele, como os outros?

VII
Os idos de agosto

O casamento deles teria sido uma daquelas fatalidades do oitavo mês, tão lamentadas pelos catarinenses e brasileiros em geral. O pai dos pobres não se suicidou num agosto? Pois Anita casou-se em outro! Mês de cachorro louco, agosto dava um péssimo marido à heroína, e arrimo nenhum à sua mãe. A freguesia da Igreja Matriz de Santo Antonio dos Anjos de Laguna assistia a mais um desses casamentos fadados a um triste fim. Entre tantas diferenças, havia ainda a da idade. Casaram-se uma menina que adolescia e um homem que, de tão maduro, envelhecia.

Agosto perseguiu Anita a vida toda e foi em outro agosto fatal que ela morreu, poucos dias antes de completar 28 anos, numa boca da noite de um findar de dia 4, em 1849. Derrotada em Santa Catarina, nos combates pela proclamação e consolidação da *República Juliana*; derrotada na Guerra Farroupilha, cujas lutas não foram suficientes para fazer com que adolescesse a república-irmã, a *Piratini*, ela, entretanto, depois de derrotas e vitórias no Brasil, Uruguai e Itália, morria com um filho no ventre. Como as repúblicas que ajudara a proclamar, o filho morria antes de nascer. Mas, como se sabe, outros filhos seus vingaram e outras repúblicas, semeadas em solo latino-americano, nasceram em terra hostil a repúblicas, e, mesmo cortadas e mutiladas diversas vezes, não foram banidas do solo que Anita pisara, e vicejavam aqui e ali, nos verões que se seguiram.

VIII
Vá tomar um café lá em casa e aproveite para se apaixonar

Anita cruzava uma rua qualquer de Laguna libertada quando Garibaldi, a bordo da escuna Itaparica, que estava ancorada em frente às poucas casas da Barra, viu-a pela primeira vez através do telescópio que utilizava para contemplar a capital da república recém-proclamada. Colhia ele os chamados louros da vitória, saboreando com o olhar a paisagem, lambendo-se de contente por haver desbaratado as forças imperiais, vencidas pelo ataque surpresa, mas também muito triste por haver perdido na famosa batalha muitos amigos do peito, entre os quais alguns companheiros de infância. Deslumbrou-se com a moça que, vulnerável, era vista de tão longe e cujo vulto o telescópio trazia para tão perto de seus olhos.

Garibaldi não sabia nada de Anita. Nem que ela, durante as cerimônias do *Te Deum*, celebrado na Igreja Matriz de Laguna pelo padre Vilela de Araújo, em agradecimento e honra da revolução vitoriosa, passara o tempo todo embevecida e apaixonada a contemplar, admiradíssima, aquele rosto barbudo, escondido entre diversos tons ruivos. O cabeludo a cativara, não somente pelo porte semelhante ao do antigo galã por quem se inclinara, senão também pela voz de barítono que sobressaía entre diversos conversares.

Garibaldi não sabia também que uma enfermeira prestara muita atenção a ele quando o comandante visitava o Hospital de Sangue, onde estavam os feridos dos últimos combates travados no rio Tubarão.

Um dia, ao descer da escuna para espairecer nas ruas estreitas de Laguna, ele recebe um convite para "tomar café lá em casa qualquer dia", convite que o catarinense faz a muita gente, como se sabe. Ele, qualquer dia, vai mesmo e encontra, para total surpresa de ambos, a mesma mulher que vislumbrara na névoa com o telescópio.

Em sua língua tão melodiosa, pois não falava português, o italiano disse ao despedir-se: "Tu devias ser minha".

IX
Garibaldi navega por terra até encontrar o mar

Para chegar até este momento, Garibaldi repetiu Carlos Magno, que talvez tenha repetido Alexandre, o Grande, cujo professor, o filósofo Aristóteles, que não sabia pegar uma espada, ensinara-lhe entretanto a pensar, pois para isso tinha sido contratado por Felipe, o pai do discípulo: singrou por *mares nunca dantes navegados*, pois conduziu dois barcos por terra, desde o riacho de Capivari, nas proximidades de Porto Alegre, até a Lagoa de Tramandaí.

O feito heroico e imaginoso, que despistou as vigilâncias havidas no porto de Rio Grande, consistiu em colocar os dois barcos sobre rodados enormes em aratacas improvisadas e assim transportá-los por terra, puxadas por umas cem juntas de bois. E não eram pequenas as embarcações: o Seival tinha 25 toneladas; o Rio Pardo (que uns chamam de Farroupilha) era de 30 toneladas. A travessia, cheia de todo perigo e dificuldades, iniciou-se em 5 de julho de 1839. O percurso realizou-se por terrenos terríveis, lodaçais e restingas de areias movediças. No dia 11 de julho, os barcos já navegam em águas normais, na Lagoa de Tramandaí, e dia 14 ganham o mar. Contornam, então, o Cabo de Santa Marta, apoiando por água as tropas de Canabarro que atacavam por terra.

Antes, porém, naufraga o Rio Pardo, ao sul do Cabo de Santa Marta, o famoso cemitério de tantos navios. Garibaldi passa, então, para o Seival e leva-o, não mais por mar aberto, mas por vias fluviais e lacustres próximas da costa, graças à ajuda recebida por práticos do lugar e às enchentes do inverno. A 21 de julho ele está na foz do rio Tubarão. É um sábado. No domingo, dia 22, coroando o projeto alucinado de navegar por terra, imaginado alguns dias antes, Garibaldi ajuda a libertar Laguna. Mais sete dias são necessários para outra travessia: a das conversas e entendimentos que levarão à proclamação da *República Juliana*, efetivada no domingo seguinte. Era o ano de 1839 e não era agosto. Era um julho cheio de incontido júbilo.

X
Entreouvido no outro mundo: Bento Gonçalves conversa com Giuseppe Garibaldi

– Gringo filho da mãe, por que razão preferiste fazer teus barcos navegarem pelo pasto, lamaçais e restingas e por banhados acanhados, quando a Lagoa toda boa, cheia de patos, estava ali à tua cara, precisando ser navegada? Por que abandonaste os patos da Lagoa, apegando-se deste modo louco às patas de teus bois e de teus burros para puxar navios por terra, animal ruivo alucinado? Não chegaste até o sul por mar? Tu achas, então, que o oceano é para apascentar o gado e o pampa é para ser navegado com toda aquela pompa desvairada?

– Bentão, por quem foste benzido para seres bento, bento--chefe, bento-proprietário, bento-valente, bento-contente, com teu gado conseguido enquanto os outros dormiam seu sono e não cuidavam de seu gado, tornando-o, pois, gado sonegado? Por que você acha que eu iria me atirar pela Lagoa a navegar? A Lagoa era dos Patos, não era minha, e eu era burro para nadar em mar aberto e cair na armadilha e mira dos imperiais? Você, então, acha que minha mãe me pariu para eu morrer no rio? Me botou no mundo imundo para eu ficar no fundo? Na Lagoa eu me afundaria, no pampa eu navegaria, como de fato naveguei. Você não costuma pastorear teu gado no descampado do céu, alimentando-o com as estrelas devolutas que iluminaram tuas fugas e lutas? Pois eu, não podendo ancorar meus barcos nestes céus, que não são meus, ancorei-os em bom porto depois de alguns passeios! O oceano não tem pasto, não tem ponte, é muito vasto, por lá não passo, a não ser que eu possa fazer o traço da minha estrada, sinuosa e grande como uma invernada. Se assim não for, prefiro navegar no pasto.

– O italiano deu pra poetar depois de morto varrido, morto apodrecido, morto sumido! Só te ocorreu agora, nesta hora, ser poeta louco? Por que não esperaste mais um pouco? O ouvido dos pósteros é mouco para nossas glórias, hoje tudo revisam, tudo revistam, e, além de não nos considerarem heróis, fazem nascer outros sóis que iluminam nossos escuros, revelam nossos apuros, fuçam em muitos monturos, jogam-nos para o outro lado dos muros: essa gente valente em pouco tempo nos transformou de heróis em vilões. Já me chamaram até de bandido. Eu fui, mas quem não foi? Em guerra quem não tem sido?

– Bentão, índio velho desgualepado, você acha que eu comecei a poetar aqui na eternidade? Meu melhor poema foi justamente aquela travessia por terras nunca dantes navegadas, minha melhor invenção foi apascentar minhas embarcações naquelas carretas, colocando-as em varapaus, tornando-as naus com muletas. As valetas que abriam as rodas de pau, cobertas de couro, não valerão todo o ouro arrebatado em saques, todo álcool bebido em conhaques, todas as festas de fraques, nem os badulaques daquelas damas faceiras com imensos vestidos redondos, muito menos seus enleios e gorjeios amorosos.

Se hoje nos desmerecem e revisam, deponham suas viseiras. A gente poderia fazer tudo o que quisesse?

– Bentão, meu irmão, em república essas alegrias seriam de toda a gente. Cada vivente viveria contente do seu jeito, no seu eito, sem ser fustigado em terra alheia, sem ter o peito oprimido pelo coração dos outros, sem ter jugo no pescoço.

– Mas, tu que és barbudo e és homem como eu, me diga: e quem trabalharia para a gente, se todo mundo fosse fazer o que bem quisesse? Quem daria o prazer que é ter alguém no batente, trabalhando por nossa salvação? E, além do mais, vais me dizer que não gostas do carinho de uma china, desses arrancos na campina? Pensa que eu não sei o que fazias com tua Anita toda catita?

– Nem me fale dessa flor, dessa fêmea linda e carinhosa, a mais gostosa que passou por minha cama. Seu beijo era minha respiração, seu suor expandia uma força bruta que me empurrava para a luta, nossa guerra em sua terra.

– Já trajava luto quando tu a encontraste a contemplar o mar, com aquele olhar perdido que tanto te cativou, que te arrastou naquele sufoco louco da paixão?

– Ela era ainda uma menina que adolescia quando a vi pela primeira vez a vagar pelas ruas de Laguna como uma onda perdida, como uma vaga que rompera a maré, como uma náufraga que chega ao fundo, como um bispo sem sé, como um grito perdido, como uma mulher sem marido.

– Aonde andava o marido dessa tal quando te aproximaste dela? Era um marido sumido, um amado sequestrado ou um esposo roubado? A guerra já chegara à sua terra?

– Querido companheiro, sempre houve muitas guerras nessas terras.

– E, do que fizemos, o que restou de tanta luta?

– A alegria de havermos feito o que era preciso, o conforto de havermos chegado a bom porto, o gosto da luta justa.

– E de nossas paixões, de nossos amores, por que é que tanto falam, por que não calam, por que não nos poupam nessas nossas fraquezas?

– As nossas fraquezas são as nossas grandezas, Bentão.

XI
A cerração nos retratos

Há ainda muitas lacunas. A cerração que costuma cobrir Laguna impede também que se reconstitua com exatidão o retrato de Anita. Monumentos diversos, espalhados pelo mundo, são porém pródigos em apresentar uma mulher exuberante, de fartos seios, firmes, alevantados e sensuais, ancas muito bem fornidas, bunda arrebitada, cabelos longos caindo pelas costas e olhar atento para a frente, para onde as orelhas do cavalo perscrutam o horizonte. Alguns daguerreótipos apresentam-na com um filhinho ao colo, com o fim de escoimar a imagem do tríduo preferido: mulher sensual, fêmea audaz; mulher maternal, mãe corajosa, que luta para proteger e criar o rebento; guerreira atrevida, que vai garantir sua liberdade, valor supremo, com braço armado, donde a lança com que se projeta à luta.

Um herói é uma pessoa comum, alguém que não pôde fugir, dizem bocas maldosas. Uma mulher é sempre diferente dos homens, dizem outros, mas sobretudo diferente de qualquer outra. Hoje podem-se ainda colher depoimentos de gente bem próxima de Anita. Nenhuma dessas pessoas saberá dizer que vestígios de heroísmo se poderiam deslindar na contemplação face a face. O herói dormita no seio daquele que o carrega e o corpo é apenas a gaiola que o prende, impedindo-o de expandir sua força. Esta só eclode à beira de acontecimentos grandiosos.

Muitos anos depois, mas ainda no mesmo século, movidos por forças coletivas, inconscientes, mas também pela liderança concreta de outros revoltosos que quiseram reeditar os sucesso de Anita Garibaldi, ainda que sob bandeiras contrárias às que ela levantara, centenas de catarinenses foram enforcados nas repressões comandadas pelo coronel Moreira César. Talvez o coronel João Gualberto Gomes de Sá Filho quisesse repetir as crueldades na Guerra do Contestado, no século seguinte, foi enforcado por camponeses liderados pelo rebelde José Maria, que caminhava sobre as águas. Aliás, nem sei se chamava José ou João, se eram muitos, mas sei que com o nome de João havia dois: João Maria de Jesus e João Maria de Agostini: este último era o ex-seminarista Giovanni Maria de Agostini, não participou das lutas do Contestado, nem da guerra que instalou a República Piratini nem das lutas do casal Garibaldi pela República Juliana, pois foi fotografado no México em 1863 e assassinado por alguns de seus votos em abril de 1869, tendo sido reconhecido por causa da detalhada descrição dos três dedos menores defeituosos de sua mão esquerda, feitas meticulosamente por um escrivão de Sorocaba na noite de Natal de 1844. Este último, com o nome de John Mari Agostiniani, está enterrado no Novo México, nos EUA, e em sua lápide Lê-se: "Hermit of the Old and New Worlds. *Hermit of the Old and New World. He died the 17th of April, 1869, at 69 years and 49 years a hermit*". (João Maria de Agostini. Eremita do Velho e do Novo Mundo. Morreu em 17 de abril de 1869, aos 69 anos e 49 anos como um eremita".

Sempre o caminho mais difícil para os de Santa Catarina, também para aquele que escreve, não apenas sobre o que houve, mas também o que ouve e lê! Garibaldi precisou navegar por imensos potreiros, restingas e lamaçais; José Maria ou um dos João Maria foi obrigado a caminhar sobre as águas, vadeando rios que sabem ficar valentes no inverno e nas cheias. José ou João? Não se sabe, não!

E Anita Garibaldi, depois de morta, foi enforcada por força da corda que lhe ataram ao pescoço para arrastá-la até um potreiro onde foi sepultada.

A modo do messianismo que deflagrou a crença na volta de antigas figuras, mas apenas masculinas, como o sebastianismo, será que Anita haverá de voltar, messiânica, para completar alguma luta mal acabada? Ou será que fez tudo o que pôde e que o resto é obra para os demais, os que nasceram depois dela, e que não tenham nascido mortos como seu último filho? Se não nasceram mortos, se os úteros de outras Anitas os exilaram para estas terras, é certo que só viverão se lutarem, pois à borda desses mares as conspirações contra a vida começam muito cedo. Começam muito antes de o sujeito nascer ou ser concebido e gerado, pois é terra de muita guerra.

XII
Em certas noites de luar, Anita aparece em algum porto catarinense para recordar

"Eu tenho 18 anos e acabei de juntar-me a Garibaldi. Nosso amor nasceu com a *República Juliana,* que durou menos de quatro meses, a contar de julho, quando foi proclamada, a novembro, quando foi derrotada e extinta. Mas valeu o tempo em que vicejou afagada pela brisa dos mares do sul. Há duas semanas deixamos a capital, Laguna, e rumamos pelo mar aberto ao encontro de nossos inimigos.

Estamos em plena lua de mel, mas quase não há tempo para o amor; só para a guerra. O momento de amor, você pode transferir; o da guerra, não. A hora tem que ser agora. Travamos vários combates em alto-mar.

Meu batismo de fogo acontece aqui em Imbituba. O primeiro tiro assusta a todos. Dois marinheiros caem mortos a meu lado. Eu estou toda ensanguentada, mas não sinto dor nenhuma. Meu amado pede que eu me proteja, pois o inimigo nos fustiga sem nenhuma piedade. 'Vá para o porão, Anita', ele me diz com aquela voz com que me seduziu, com que sempre me seduz. Concordo.

No porão encontro vários homens assustados, tolhidos pelo medo. Grito com eles, mexo com seus brios. Digo que se ficarem no porão é certo que serão aprisionados e mortos pelo inimigo. E que, se lutarem, terão alguma chance. A chance só a tem quem luta. Quem luta tem uma chance. Pode ser pouco isto, mas é melhor do que nada. Quem não luta não tem nenhuma.

Eles sobem e vão lutar, envergonhados da covardia. Bichos engraçados os homens! Digo, os outros homens, porque o meu homem não é assim. Neste ponto, ele é feminino. Na hora do perigo, quem emerge com mais coragem é sempre a mulher, sei dessa verdade por intuição, pois sei de muita coisa que não li, de muita coisa que não provei.

Tão bom lutar de dia e amar de noite! Parece que a gente fez por merecer o amor e o afago que recebe como dádivas. Vale a pena anoitecer ao lado de Garibaldi, vale a pena machucar-

-se, misturar sangue, suor, lágrimas e alguns sustos. E, além do mais, a causa é a mais justa que encontrei, a maior que elegi em toda a minha vida.

Não me queixo. Poucas mulheres do mundo, em todos os tempos, terão unido amor e luta num só projeto de viver. A mim tocou esta sorte.

Aqui, na proa, de sabre em punho, eu sou Anita. Mas Anita serei também logo mais à noite, nos braços do meu amor. Homem estranha muito o sangue derramado. Mulher estranha menos, está mais acostumada: todo mês ele escorre entre minhas pernas. É um sangue de paz e de vida, ainda que seja mais escuro. Este, mais claro, que escorre de minha testa junto com o suor, é sangue de guerra. Dizem que é derramado com mais regularidade que este outro que nós, mulheres, fazemos derramar todo mês. Dizem também, aqui, em conversas de marinheiros, que todas as mulheres do mundo, em todos os tempos, não derramaram, juntas, o sangue que os homens derramaram nas guerras. O capitão Lorenzo, também italiano, ao passar por um grupo de marinheiros no justo momento em que um deles dizia isso, comentou: 'Sangue de guerra é como o da menstruação: o sangue da mulher limpa o seu corpo; o sangue da guerra limpa a terra de toda imundície'." (fim)

Notas indispensáveis.

Balada por Anita Garibaldi nasceu de uma conversa entre mim e o jornalista e escritor Josué Guimarães (1921-1986), casado com Nydia Machado Guimarães: eles eram meus queridos amigos e eu os amava como se fossem meus pais.

Esta história de filho começou em 1976, em Ijuí (RS), no Restaurante Caravela. Nós criáramos a Semana da Cultura

Brasileira e ele estava na cidade para ministrar uma palestra sobre livros dele que os alunos tinham lido no curso de Letras. A ideia da Semana da Cultura Brasileira teve apenas quatro edições: depois que eu me transferi para a UFSCar, ninguém mais a fez.

No restaurante, o garçom, meu conhecido, pois eu frequentava muito a Casa, me perguntou: "Deonísio, esses são seus pais?". Eu fiquei perplexo, mas a Nydia respondeu prontamente: "Sim, Deonísio é nosso filho". Desde então, passaram a tratar-me como filho. Tanto que, hoje, a Adriana Machado Guimarães, a quem conheci menininha, ainda me chama de "irmão". Minha filha, a Manuela, era tratada como neta e, já casada, morando em São Paulo (SP), recebeu a visita da "avó", isto é, da Nydia. Josué e meus pais já tinham morrido, então a Nydia era avó, elas se tratavam assim, como avó e neta. E o primeiro filho da Manuela chama-se Josué. Para aumentar essas relações mágicas, o marido de Manuela e pai do menino Josué é xará do Rodrigo Machado Guimarães, irmão de Adriana, ambos filhos deste casamento do Josué Guimarães com Nydia Machado. Josué teve outros filhos do primeiro casamento, dos quais conheci muito o Jaime Guimarães, hoje meu amigo apenas no Facebook, pois eu, que o via muito na casa do pai, passei a vê-lo pouco depois que deixei o Rio Grande do Sul. Mais uma curiosidade: na árvore genealógica de Rodrigo Ribeiro de Sousa, casado com Manuela, aparece distantemente Ana Maria de Jesus Ribeiro, que viria a tornar-se Anita Garibaldi.

De minhas prosas com o Josué Guimarães, frequentes e abundantes, falarei outro dia. Sem contar que ele, de agradáveis conversas sempre – a Nélida Piñon disse que ele parecia saborear e experimentar as palavras antes de proferi-las – me presenteou com vários "causos" e com *avant-première* do que ia escrever, a ponto de me contar um romance que não teve tempo de escrever, pois faleceu aos 65 anos, em 1986.

Um dia me propôs escrever sobre duas mulheres que muito amaram a Giuseppe Garibaldi e foram por ele amadas. Josué era gaúcho, então escreveu sobre Manoela. Mas morreu antes de ver sua história publicada. *Amor de Perdição*, o título que ele deu, saiu em 1986, pela editora L&PM. Foi ele quem me sugeriu escrever sobre Anita Garibaldi, lá longe, nos anos 80. Chegamos a ler a história um do outro, mas *Balada por Anita Garibaldi* somente veio a ser publicada na antologia intitulada *Tratado dos Homens Perdidos* (Porto Alegre, Editora Mercado Aberto, 1987), e treze anos depois no livro *Contos Reunidos* (São Paulo, Editora Leya, 2010).

A MESA DOS INOCENTES

Moravam à beira do rio, sobre um espigão que acompanhava a planície, em casa de dois andares, de madeira, de cobertura bicuda, construída com a grana da primeira safra de porcos.

Haviam derrubado a mata, com aquela violência peculiar aos primeiros colonos de origem italiana, vindos do Rio Grande do Sul e de Santa Catarina, que, segundo a advertência do padre do lugar, não podiam ver árvore, que já se sentiam atacados de cólera florestal, que os levava às exageradas derrubadas e grandes incêndios. O milho veio bonito de se ver e a porcada fez uma festa ininterrupta de cento e vinte dias, ao fim dos quais os leitões de trinta quilos haviam se transformado em mastodontes de quase duzentos. Uma porca chegara aos trezentos – quase o peso de uma vaca.

Bonifácio construíra o casarão e prognosticara aos filhos, já meio desacorçoado:

– Não vou durar mais muito tempo. Esta pontada, que me dá no peito e responde na costela, vai acabar me levando.

O enterro deu-se em dia de forte trovoada, confirmando as palavras de dona Mosa, a benzedeira do lugar:

– Vai chover. Sempre que morre um, depois chove. Isto é para lavar os rastos e os restos do morto. Assim todos se esquecem logo do triste desaparecimento.

Rufino, filho mais velho, ajudou a carregar o pai até a cerquinha do cemitério, pouco povoado, o campo santo, inaugurado por Gonçalo, morto por seu tio em dia de festa, por bala errosa.

Houve medos nos primeiros dias. As outras crianças, irmãos de Rufino, fugiam do escuro. Ninguém ia sozinho a um quarto à noite. Dona Aparecida repreendia-os:

– Têm medo do próprio pai? Aonde é que já se viu?

Cláudia, a mais velha das filhas, corrigia:

– Não é do pai que a gente tem medo. É do defunto. A gente tem medo de todo defunto.

Rufino não tinha medo nenhum. E para consolar dona Aparecida dormiu com ela aquela primeira noite.

Dona Aparecida era de repente uma mulher sem homem. Tinha trinta e sete anos e este era seu segundo casamento. Na volta do enterro já se ouvira um comentário: “Siá Aparecida é que nem louva-a-deus”. Diziam assim porque sabiam que as fêmeas do bichinho comem o macho depois do ato sexual.

Rufino tirou as grossas calças de riscado novo, a camisa de xadrez meio avermelhado e deitou-se de calção, como fazia todos os dias antes de dormir, desde que fora autorizado a usar calções, aos doze anos. Eram já, pois, seis anos de rotina.

Dona Aparecida contemplou-se um pouco no espelho da penteadeira, com as duas mãos sobre o rosto, e por fim pareceu conformar-se com essa segunda visita da morte. “Todos têm seu destino”, cantara uma dupla caipira, ao amanhecer de anteontem.

Primeiro Mistério Doloroso: Dona Aparecida Começa a Despir-se.

No primeiro mistério doloroso contemplamos como dona Aparecida, que abraçara livremente um viúvo remediado, vendo-se de repente sem marido de novo, tendo-se admirado um pouco no espelho, antes de deitar-se, e estando para ser entregue a um insólito destino nas terras do sul, desabotoou o vestido e começou a ver um corpo ainda roliço e sadio no espelho da penteadeira.

O vestido era de muitos botões, de uma carreira só, que ia desde a dobra da gola até o fim, perto do joelho. Dona Aparecida desabotoou botão por botão e jogou o vestido, com moleza, sobre uma poltrona que havia no quarto. De grosso tecido, dispensava combinação, luxo de que se despira logo que terminaram os únicos exemplares do enxoval de seu primeiro casamento. Mas esta noite ela vestia uma combinação preta, que combinava com a noite trovosa lá fora, com o dia e com o seu coração, preto de dor por ter sido castigada com duas viuvezes.

Levantou a combinação até à cintura, virou-se, contemplou a bunda no espelho. Deu uma escapada de olhos despreocupada sobre Rufino, que já dormia – parecia. "Bunda de gringa é sempre esculhambada. Tenho que me cuidar mais, não ir muito no pesado, fazer os filhos ir; eu tenho seis filhos para quê?"

Acariciou as próprias pernas, uma comichada no lombo meio entoucinhado, um sacolejo no sutiã para verificar a suspensão dos seios – ainda firmes – uma penteada rápida, uns toques de pó de arroz no rosto e algumas dúvidas, e eis que se deitou.

A lamparina, tal como dona Aparecida, ardeu toda aquela noite. Antes do sono, lembrou-se do Zé-sonso da Jurema, filho do próprio primo e, por isto, imprestável: segundo dona Mosa, os gêneros humanos não eram como o gado, pois se se misturavam muito, nasciam tansos e meio desconformes, com muitos aleijos. Zé-sonso, além de mocorongo, tinha vinte e quatro dedos, seis em cada mão, seis em cada pé. O professor do povoado estranhou o inusitado plural: "gêneros humanos?".

Olhou para Rufino, que dormia – parecia –, deu-lhe um afago na testa, virou-se para a beirada e assistiu à misturança das coisas do dia com as coisas do sono, olhar meio perdido no alumiar da lamparina.

Segundo Mistério Glorioso: Dona Aparecida Volta a ser Cortejada.

No segundo mistério glorioso, contemplamos como dona Aparecida, depois da missa do trigésimo dia, definitivamente conformada com o roubo súbito de que fora vítima, voltou a ser cortejada por vários homens, que, atraídos por tão sóbria viuvez, começaram a piscar olhos para ela e a fazer-lhe propostas de muitos pecados.

Rufino continuava a dormir com dona Aparecida. Os outros irmãos, nos primeiros dias, muito debochavam: "É um marmanjão e dorme com a mãe". Cláudia, porém, em segredo, imaginava diferentes coisas.

Rufino, de ouvido mouco, ignorava aquelas provocações. Aprendera a preparar o quentinho na cama para que dona Aparecida, quando fosse deitar, achasse bom. E ela achava, principalmente quando chegou o inverno. Todos iam dormir logo depois da janta, mas ela, não. Lavava pratos e panelas, escolhia o feijão ou peneirava a farinha de milho para o outro dia. Ia sempre dormir muito tarde. Disfarçava assim, grandes exigências de seu corpo.

Uma noite, porém, Rufino sonhou, na força de seus dezoito anos, que no meio do rio abraçava uma mulher sem rosto, mas muito linda.

Terceiro Mistério Gozoso: Dona Aparecida acolhe em seu glorioso corpo a força dos dezoito anos de Rufino.

No terceiro mistério gozoso contemplamos como dona Aparecida, traída por agitado sono e fortes reclamos, acolheu em seu glorioso corpo a força dos dezoito anos de Rufino e praticou com ele as mais altas proibições que os atormentavam.

Ao acordar, dona Aparecida virou-se para Rufino. Ia falar, mas não pôde, não soube o que dizer. Apenas o risco de um riso maroto atravessava seu rosto. Rufino dormia – parecia – mas abriu um olho e deu uma piscadinha.

Então dona Aparecida passou a caprichar mais nas roupas. Estava amando.

Mandou fazer para si um conjunto de saia-e-blusa, no modelo do terninho-uniforme do Apostolado da Oração, de que era sócia ativa. Vendo que na saia ficara no meio da canela, encarregou-se de cortar bom pedaço. Comprou calcinhas azuis, cor-de-rosa, de toda cor, para assim agradar mais ao bem-amado nas indevassáveis horas. Mas, com contido desapontamento, percebeu que o amante preferia as pretas roupas, abominando as coloridas.

Na revista das famílias cristãs nada encontrou que explicasse estas esquisitas preferências, embora tivesse muito procurado. Um dia, sem querer, viu num cantinho de página de uma revista feminina – enquanto aguardava consulta com o Dr. Freud Parobé da Silva – a explicação de uma psicóloga norte-americana, que, não tanto por ser psicóloga, mas mais por ser norte-americana com certeza, justificava aquele bem-estar geral de Rufino quando dona Aparecida ia para a cama com roupas negras:

"Por que os homens, de uma forma geral, atiçam-se melhor para o amor quando as companheiras portam trajes íntimos pretos? Segundo a Professora Scarleta Ó Chantily, em pesquisa realizada com orangotangos na Universidade do Zaire, esta preferência deve-se ao fato de que a grande maioria da população masculina faz sua iniciação copulosa com prostitutas, e estas, sabendo que eles preferem a cor negra, só usam calcinhas e sutiãs pretos. No meio rural, porém, esta iniciação se dá com fêmeas multicolores: leitoas brancas, do tipo Landrace; novilhas preto e branco, do tipo Jersey; cabras trepadeiras, montesas ou não; de modo que a cor preta não interfere quase nada. Como adendo à iniciação sexual no meio rural, podemos acrescentar que entre os adolescentes do sexo masculino é muito praticado o barranquismo, que consiste, como a palavra indica, em encostar, em barranco apropriado, éguas ou potrancas em flor, e praticar com elas certas aplacações instintivas, comuns à idade. Entre eles, aliás, o incesto, primeira norma social de que se tem notícia, é largamente praticado, sem malícia nenhuma, mormente entre primos e primas, nos primeiros anos de ardor, cessando depois o ardor e a prática. Não fosse isso, não haveria iniciação sexual para o sexo feminino, já que os danados atiram-se com tanta volúpia sobre as fêmeas do reino animal".

Dona Aparecida não entendeu muita coisa do artigo em questão, mas conservou seu costume de dormir com roupas pretas.

Cláudia, porém, em segredo, elaborava maus pensamentos. Não via prova nenhuma. Passou, então, a fazer penoso trabalho interior para levar a si mesma a desacreditar do que lhe parecia verdadeiro. Mas as dúvidas avolumaram-se e o povo começava a inventar. Seu Hipólito, nos tragos de fim da tarde na bodega, ensinava que, por mais que quisesse inventar, o povo só podia inventar toda a verdade.

Cláudia casou-se com um nanico ruço, de nome arrevesado e foi morar no norte do país. Uns disseram que se afastou para tão longe de vergonha do que a mãe andava aprontando. Outros discordaram e condenaram as línguas venenosas que gostavam de maltratar pobres próximas viúvas, sem defesa de ninguém – porque eram mulheres.

Todavia dona Aparecida engravidou. Foram noites de muitas angústias, de discussões em cochicho, de rostos contraídos nas sombras do alumiar da lamparina do quarto de dona Aparecida. Rufino, ruivo, tinha ruivores de raiva. Dona Aparecida contou nos dedos os meses passados desde a morte do falecido e bateu as mãos pro céu, quase acordando as outras crianças, que dormiam sem nada saber. E ditou a estratégia para o bem-amado: "Um nenê de sete meses se cria bonito de ver, nem faz muita falta um par de mês a menos que ele deixa de passar na barriga da mãe". Rufino, assustado, não entendeu. Dona Aparecida explicou: "Vou para Curitiba, faço pouco alarmosa cesariana". Rufino, desesperado, não entendia o coração feminino de dona Aparecida. "Você não sabe a tabuada, não sabe fazer contas, não sabe somar nem nos dedos?" Dona Aparecida parava um pouco nas raivas para explicar de uma forma que o seu novo homem pudesse entender. "Quantos meses faz que o falecido finou-se? Não são nove? Não são nove meses de março a dezembro?" Ainda não entendia? Só mesmo no coração feminino de dona Aparecida para sentir as seguranças antes de a cabeça entender. "Fazendo apenas nove meses, o filho pode ser do falecido".

No Natal o menino Jesus era um nenê de cabeça vermelhinha, olhos meio fechados – por causa da claridade, dizia dona

Aparecida – que foi saudado com grande alarde, ganhou presentes de todos, dos irmãos e dos coirmãos – a família de dona Aparecida era composta de gente diversa, filhos do primeiro marido, filhas do segundo e, agora, do terceiro homem.

O menino suportou bem os dois meses de exílio, recuperou as forças que lhe haviam roubado por agrado de conveniências, cresceu bonito como o milho e chamou-se Jeremias, para atender aos desejos da mãe, emérita leitora da *Bíblia*, que, estando em dúvida sobre que nome pôr em seu filho tão sofrido, o pobrezinho, abriu as histórias sagradas e leu lá: "Antes de formar-te no seio materno pensei em ti; antes que saísses do seio de tua mãe, consagrei-te".

O povo não se conformava. Diziam uns: "Aquele último, o ruivinho, é filho do enteado. Ele é irmão e pai dele ao mesmo tempo. Ali vai dar a maior confusão". Diziam outros: "Das mulheres todo mundo fala, mas homem faz o que quer". Diziam mais uns, diziam mais outros: "Ele trabalha e cria. Sustenta e alimenta. Onde é que está a safadeza?"

Dona Aparecida tinha se traído, segundo dona Assunta, mulher do bodegueiro, pessoa de pouco falar: "Esses dias ela me contava um sonho que teve: uma cobra ia morder o seu pé. Então ela me disse: 'Daí eu gritei e cutuquei o Rufino: me atende, homem, que tem uma cobra querendo me morder'. Daí ficou bem vermelha e trocou de assunto bem ligeiro".

De repente correu a notícia de que Dona Aparecida ia casar-se. Mas precisava de licença do Papa, seu caso era de grandes gravidades. Na Igreja não havia só problemas de sangue. A Igreja queria pouco escândalo e muito respeito – quem dissera fora o padre do lugar, que também citara de cabeça o apóstolo São Paulo, que era o general da Igreja: "Se alguém está abrasado, se é de ficar em pecado, que se case". Ora, o casal não estava somente abrasado, estava amasiado, estava abraçado, estava condenado setenta vezes sete, se não se casasse meio logo. Essa foi a principal justificativa que constou no processo.

Quarto Mistério Escandaloso: Dona Aparecida Casa com seu Filho.

No quarto mistério escandaloso, contemplamos como dona Aparecida, depois de receber a alforria da Igreja, desposou Rufino, sabido varão, que era filho do primeiro marido de dona Aparecida com uma tal de Falecida Constância, e, tendo se refestelado muito no baile da regularização, provocou o desacordo de muitas mães de família, sendo obrigada a mudar-se para longínquo lugar.

Adelardo estava grande e podia decidir sua vida. Tomou a parte dos bens que lhe cabia e, fugindo com uma catarina dos da beira do rio, foi morar muito longe, para nunca mais se envergonhar de tudo o que acontecera. Bêbado, se queixara em noite de muito luar: "Tão certo como esta lua que nos alumia: aquele menorzinho é filho do meu irmão. Eu vou embora e nunca mais quero ver ninguém da raça". Depois a raiva passou e ele veio visitar o irmão, deu a bênção aos irmãos que eram seus irmãos e aos irmãos que eram seus sobrinhos, confundiu-se um pouco e cumprimentou a mãe e a cunhada, abraçou o irmão e o pai, mas todas eram pessoas muito parecidas e na tarde do primeiro domingo da visita de três dias já brincava com o irmão sobre a misturança que havia resultado daquele casamento que fora tão falado.

Contudo o povo não perdoava. Muitas pragas eram rogadas em época de safra ruim. Sobreveio uma grande seca. Dona Mosa mandou, ao final de muitos esforços inúteis, que amarrassem São Sebastião pelo pescoço e o enfiassem no fundo de um rio, para que ele fizesse chover. Era o último recurso. Não deu certo. Então ela desfez aquele tremendo segredo, que guardava com cobertas de muito medo. A seca era um castigo de Deus, que não gostara daquele casamento malfeito. Era preciso desagravar o coração sagrado de Jesus. Ela mesmo encarregou-se do benefício. Mandou uns da bodega achar um sapo rajado, pediu para o bodegueiro escrever o nome dos dois em papel de embrulho, mandou que Assunta costurasse, por cima dos nomes, um retalho preto de fazenda com linha vermelha, deixando, porém, a agulha cruzada com outra no pedaço de pano, juntou tudo a um patuá, colocou dentro de um saquinho de bala azedinha, enfiou dentro da boca do sapo rajado e mandou costurar. Artidor, o bodegueiro, foi quem costurou, outros cavaram um buraco enorme na roça que ficava na extrema da terra de Rufino e ali enterraram aquele sapo. "Enquanto o sapo sofrer, eles também vão sofrer", disse dona Mosa. "E enquanto o nome deles durar na boca do sapo, tem que cair a chuva do céu".

A chuva caiu ao final de quarenta dias consecutivos de uma doída seca. Na roça onde haviam plantado o sapo, o milho de Rufino cresceu verduroso e cheio de muitas bonecas louras, que logo viraram espigas, que granaram depressa. E deu milho como nunca antes tinha dado. E Rufino ficou ainda mais rico. Comprou um automóvel, o primeiro do lugar – coisa que ninguém nunca pensara em trazer para aquelas estradas. Como Rufino tinha automóvel e muitos produtos, a estrada foi melhorada e, com isso, o prefeito se reelegeu, pois tinha muito voto naquele costão.

Dona Mosa justificou-se: "O pequeno tem nome de santo antigo. Tudo dá certo pra eles".

E eles foram embora. Rufino, que aprendera desde muito pequeno a dar ouvidos à voz de dona Aparecida, não suportava mais os discursos de um tal de Hélio, quando este ficava bêbado: "É um escândalo, é um escândalo. Em nossa comunidade um filho tem cria com a mãe e não diz nada, fica aí de impostor a debochar de todos nós. Assim não é mais possível um cristão viver em paz com sua consciência". E muito mais pesadas palavras proferia Hélio quando estava tomado pela cachaça.

Dona Aparecida então entrou em si e meditou, dizendo: "Vamos para Curitiba. Esse dinheiro que está a juro na mão de todos, aí espalhado, a gente ajunta, põe no banco, você arruma um trabalho qualquer, eu sei fazer roscas de polvilho, pão de toda espécie. Lá esses dois podem estudar".

Rufino comprou um armazém bem fraquinho. Hoje não precisa mais ficar atrás do balcão. Deu a venda para os irmãos-seus-irmãos e para os irmãos-seus-filhos. Uns estão estudando para médico, outros para engenheiro. Os pequenos, quando crescerem, querem ser homens importantes, como Fittipaldi, Pelé, que tem muitas bicicletas, Tarcísio Meira ou generais. Tem uma menina louríssima que quer ser atriz de telenovela. Dona Aparecida olha para Rufino e sorri satisfeita:

– Lá onde a gente morava, ela nunca ia querer ser isso.

Rufino dá uma demorada tragada no cachimbo e comenta com certa preguiça:

– Lá onde a gente morava, lá onde a gente morava... Lá onde a gente morava era um lugar cheio de muita confusão.

A empregada chama para o jantar. Dona Aparecida, à cabeceira da mesa, convida todos a rezar: "Abençoai, Senhor, as nossas pessoas e o alimento que agora vamos tomar, que Vossa Justiça nos sirva para conquistar a liberdade aqui na Terra e merecer na outra vida o Céu. Amém".

Na mesa, Rufino pergunta: "Cidá, você já ouviu alguma vez alguém falar em *mesa dos inocentes*?" "Não", diz dona Aparecida. "É um costume de debaixo da serra", diz Rufino. "Quando alguém faz um pecado que acha muito feio, para desagravar, convida todas as crianças com menos de sete anos de idade que moram no lugar, faz uma festa, arruma uma mesa com muitas comidas, e então Deus perdoa, porque quer bem aos pequenininhos. Vamos fazer uma dessas um dia?"

INVESTIGAÇÕES SEM NENHUMA SUSPEITA

– Não há problema algum, se o que se quer é incomodar, de alguma forma, o rapaz, disse o delegado. – Aguarde um momentinho só, que eu já encaminho o senhor ao funcionário responsável, detetive prata da casa, pois tudo o que aprendeu, aprendeu em nossa companhia, de que desfruta há vários anos.

O funcionário responsável era um sujeito alto, magro, claro, de pequenos olhos muito apertados e que cultivava uma vasta cabeleira. Sua elegância sempre marcava a sua presença na delegacia de polícia. Vestir-se bem – todos – algum dia ou outro eram obrigados, por força de certas solenidades: inauguração de uma ala nova do presídio, aniversário de um chefe, transferência de um colega, congratulações por alguma captura difícil e coisas assim. Mas, ele, não: estava invariavelmente bem vestido. Recentemente adquirira uma moto, o que lhe valera certo trânsito entre uma parte da juventude, aquela que podia comprar motos e podia por isso comer cachorro quente, tomar uma coca ou outra, combinar algum encontro menos público, comparecer a alguma promoção oligofrênica de alguma boate suspeita, adquirir algum fumo mais nocivo, gazear aulas e, principalmente, não trabalhar, obrigação de que todos eles estavam desincumbidos por força de certo vestígio que, mesmo não sendo genético, vai sendo transferido de geração em geração, desde que não ocorram certos entraves, que são raros, mas que não podem de todo ser impedidos.

– O meu método é o mais simples possível, disse o funcionário responsável.

– E como é que o senhor procede, então? Perguntou o queixoso.

– Pego uma pasta dessas aqui e ponho uma etiqueta: Fulano de Tal. Não devia ir revelando logo os meus segredos, mas o senhor é pessoa de confiança. Com uma pasta devidamente catalogada, pode-se incriminar qualquer pessoa. Todos são culpados. A diferença, entre os que são condenados e os que não, é apenas uma tolerância das autoridades. O senhor pode me dizer aí o nome da pessoa que o senhor julgue mais idônea nessa cidade. Sua mãe, por exemplo. Pois saiba que se eu organizar uma pasta com o nome de sua mãe, em breve ela responderá inquérito, leve ou pesado, dependendo das acusações que eu resolver arquivar aqui. O senhor está sentindo que depende de mim, e não dela, a gravidade das acusações, não está?

– E como é que o senhor sabe que eu sou pessoa de confiança?

– Todos os que denunciam são pessoas de confiança. A recíproca também é verdadeira. As pessoas realmente suspeitas são aquelas que se fazem de desentendidas quando recebem insinuações de esclarecer um ou outro ponto da vida de um vizinho que conhecem, de um colega de trabalho, até mesmo de um estranho que tenham visto uma que outra vez.

– Quer dizer, então, que o senhor escreve ali, por exemplo, quero ver... Por exemplo, vamos dizer que o senhor escreve ali o nome da minha mãe então...

– Vamos facilitar. Como é o nome de sua mãe?

– Maria José Fagundes. Mas não tem importância? Não compromete?

– Não, não, não. Trata-se apenas de um exemplo. Eu escrevo aqui o nome da sua mãe: Maria José Fagundes. Bem, temos aqui a pasta. Agora, eu identifico. Procuro em nossos registros a sua filiação, o seu endereço, e dados mais gerais. Como vê, já temos algumas informações sobre sua mãe. Algumas já indicam certa suspeita. Fagundes é uma família muito ambígua. Se não me engano, entre os primeiros degredados que para cá vieram, havia um Fagundes no meio. Não será ela uma descendente remota desse tal? Bem que pode ser, não é mesmo? Os vícios vão passando de geração em geração. Vejamos agora onde é que ela mora.

– Mas não compromete, não tem importância, o senhor tem certeza que não complica?

– Claro que não. É apenas um exemplo. Para ilustrar. Para explicar como é que se faz investigação. Não foi isso que o senhor me perguntou? Aonde é que ela mora?

– Mora aqui mesmo nessa cidade.

– Aqui? Essa cidade está cheia de vícios. Tem viciado de todo calibre. Viciado em corrupção, viciado em tóxico, viciado em putaria, viciado em vagabundagem, viciado em subversão... Em que rua mora a sua mãe?

– Mas não complica, o senhor tem certeza que isso não vai atrapalhar a vida da velha? Eu sei lá...

– Mas, trata-se apenas de ilustrar um exemplo do modo de proceder dos investigadores. O senhor não pode ter medo, é uma pessoa de confiança. Só se o senhor está escondendo alguma coisa, mas se o senhor está escondendo alguma coisa, o senhor não é uma pessoa de confiança e daí o tratamento é diferente.

– Não, não, não. Perguntei por perguntar. É que... Sabe como é, querem saber tanta coisa da vida da gente, declaramos tudo hoje em dia, daqui a pouco o formulário do Imposto de Renda vai nos perguntar quantas amantes temos, quanto elas nos custam por ano, os presentes que damos, essas coisas. Mas minha mãe mora na Rua General Osório.

– Eieiei. Foi ela mesma quem escolheu morar naquela rua? Não é possível!

– Não, não, não. O apartamento onde mora a senhora minha mãe foi adquirido antes da crise. No tempo da safra de porco, o senhor se lembra?

– O senhor vai aprendendo mais umas regrinhas concernentes à investigação. Quem pergunta sou eu, o senhor somente responde.

– Mas o senhor mesmo disse que esse era apenas um exemplo ilustrativo.

– O senhor está dizendo que eu disse que esse era apenas um exemplo ilustrativo. Não vou discutir a validade da observação, mas essa é uma opinião sua sobre uma coisa que eu disse. Pode ser que eu disse isso, pode ser que eu não disse isso, pode ser que eu disse isso de uma maneira bem diferente desta que o senhor usou para descrever o que eu disse, pode ser que o senhor quis dizer uma coisa e disse outra, podem ser muitas coisas e outras muitas podem não ser. Todos erram demais. Além do mais, o senhor deve saber que a forma com que é feita uma observação modifica o conteúdo desta observação.

– Mas, o senhor dizia, isto é, me pareceu que o senhor me perguntou em que rua minha mãe morava.

– Morava? Não mora mais? Por que não disse logo? Por que só diz agora que ela "morava"? Quer me embrulhar?

– Não, não, não. Foi erro meu. Me confundi.

– Estou vendo que o senhor está confundindo muitas coisas. Parece, à primeira vista, um homem muito vulnerável à confusão toda que nos cerca. Mas é homem que ainda pode ter esperanças, porque é um animal humilde, já está reconhecendo que é o senhor mesmo que erra e não nós, o que é sinal aberto de bom senso. Quer dizer que a senhora sua mãe ainda mora naquela rua?

– É. Mora.

– Pois é. Naquela mesma rua, ali pela altura do número mil e poucos, tem um cabaré, onde só trabalham menores. Quer dizer, não é propriamente um cabaré. É uma casa de família. Mas funciona como cabaré. Isso não teria muita importância, se as mulheres não fossem aquelas que são: meninas. Temos que proteger a nossa juventude. A juventude é o maior patrimônio moral de um povo. Porque os velhos, os velhos o senhor sabe como são, já estão todos meio céticos de uma porção de coisas, cansados de proibições que não deram em nada, são todos uns safados. Podendo, tergiversam mesmo.

– Pois é. Eu ouvi falar nesse cabaré; dizem que é uma pena, que são meninas abandonadas – umas, filhas de ricos – outras, que vão lá apenas para matar o tédio. O senhor leu os livros *Lourdes, Roma* e *Paris*, de Zola? Desculpe, quase lhe faço outra pergunta.

– Quase, não. Ponha sua sutileza de lado. O senhor me fez outra pergunta, embora já tivesse sido avisado de que quem pergunta sou eu, o senhor responde. Aliás, o senhor não pode ignorar noções elementares da lei. Bom, deixemos de lado isso, por enquanto. Por enquanto! Depois o senhor será chamado a depor sobre este cabaré, sobre esta rua e sobre os que moram nessa rua. Advirto-o que não se negue, porque ser arredio a convites da polícia equivale a colocar o pescoço na canga. Em que número da General Osório mora a senhora sua mãe?

– Mas, já me arrependi de ter pedido o exemplo. Se eu soubesse...

– Como disse? O arrependimento sempre vem tarde. Vamos, vamos, vá respondendo.

– Mas não complica? Logo a minha mãe, meu Deus do céu! A criatura que mais amo no mundo. O senhor tem certeza de que não vou complicar a vida da minha mãe?

– Só se não responder direito às perguntas, só se não colaborar com a polícia.

– Minha mãe mora no número 1821.

– No 1821? Lá onde mora aquele médico que foi preso?

– Médico que foi preso? Ah, sim, o doutor Oliveira.

– Como é que ele tem se comportado depois que foi solto?

– Não sei de nada.

– Já começa a se omitir. Se sua mãe mora no mesmo edifício onde mora aquele médico, como é que o senhor nada sabe da vida dele?

– Mas é minha mãe que mora lá e não eu.

– Isso o senhor já disse. Não precisa ficar repetindo o que já disse para ganhar tempo. Essa tática é muito conhecida. Ora, todos nós sabemos que nossas mães nos contam uma porção de coisas. Então, logicamente, sua mãe lhe contou alguma arrelia deste médico.

– Mas dizem que ele não é médico. Que foi preso justamente por não ser médico.

– Mas que é isso, homem? Que lógica tem esse seu pensar? Então, quem não é médico vai preso? Entra em cana? Mas onde estamos?

– Eu quis dizer que ele foi preso porque dizia que era médico e não era.

– O senhor assinaria seu nome embaixo do que acaba de dizer? Não precisa responder. Mas se o senhor assinasse, o senhor seria preso. Porque essa declaração incrimina muito a autoridade. Preste bem atenção no que vou dizer ao senhor: a autoridade não prende uma pessoa só porque ela diz que é uma coisa e é outra. O senhor pode dizer pra todo mundo que é inteligente e não ser, por exemplo. Ninguém vai prender o senhor por isso. Para se prender uma pessoa, é necessário, no mínimo – no mínimo, entendeu? Não tem limite para o máximo – uma acusação concreta. E aquele médico foi preso por "Prática Ilegal da Medicina". E eu vou dizer mais uma coisa pro senhor: para mim – para mim, o senhor está entendendo? Para mim, quer dizer, pessoalmente, não é como autoridade que eu estou, agora, fazendo essa observação – para mim, quase todos os médicos deviam ser presos por prática ilegal da Medicina. Porque, como o senhor sabe, os estudantes de Medicina são recrutados – que recrutados? Recrutados o quê? Eles é que se recrutam – nas classes mais favorecidas. E esta gente estuda muito pouco porque tem dinheiro. É difícil o senhor encontrar um filho de pobre que se torna médico. Também não quero dizer que a culpa seja somente deles. Não. É que todos temos poucas escolhas, não é mesmo? Esse aí, que mora junto com sua mãe...

– Não. Pelo amor de Deus! Ele não mora junto com minha mãe.

– É expressão de força, digo, força de expressão. Quis dizer que mora no mesmo apartamento.

– Mas não é no mesmo apartamento.

– Desculpe mais uma vez. Quis dizer no mesmo prédio. Por que o senhor ficou tão vermelho? Não se ofenda com enganos, não. Além do mais, o senhor pensa que as pessoas idosas também não dão seus pulinhos? Dão. E como dão! Pode ser então que a senhora sua mãe um dia tenha precisado deste seu vizinho, que se dizia médico, para aliviar o seu reumatismo e ele, esperto como é, tenha lhe receitado um certo exercício de aquecimento. E ela, pobre velha, sozinha, não pôde aviar a receita. Então, ele, um homem novo ainda, ajudou. É uma hipótese. E como na cama as pessoas costumam tornar-se mais vulneráveis, mais amáveis, mais frágeis e mais decifráveis, pode ser que esse falso médico tenha confidenciado alguma proeza à sua momentânea companheira. Sabe como é, os humanos quando se encontram, se dizem coisas.

– Pode ser. Mas a minha mãe nunca me falou nada desse médico.

– É possível. As mães costumam ser muito discretas a respeito de sua vida sexual. Ao menos, para os filhos. É compreensível. Depois de haverem ministrado uma educação baseada em repressões, em proibições, em beliscões, em safanões, fica muito difícil contar que praticaram exatamente o que mais proibiam. Bem, mas por hoje chega. São quase onze horas e já conversamos a manhã toda. O senhor pode passar aqui na próxima sexta-feira para continuarmos o inquérito. Se o senhor souber alguma coisa mais grave sobre sua mãe, anote para trazer, então, sexta-feira. Se ficar muito apreensivo e tiver medo de esquecer o que descobriu – acontece muito isso entre as pessoas que depõem; excitam-se demais com as descobertas que fazem e para aliviar comunicam logo, não se aguentam, não podem esperar a hora marcada, é uma espécie de auto-exorcismo – pois bem, se acontecer isso com o senhor, o senhor pode telefonar, não se acanhe. Se eu não estiver, deixe o recado com um dos rapazes. Vou mandar mimeografar o seu depoimento de hoje para ser distribuído entre todos os que investigam. É a norma da casa. Um depoimento sempre esclarece outro. Sabe como é, os homens vivem em sociedade. Então tudo diz respeito a todos.

– Tá bom assim, então? O senhor pode passar na sexta-feira? Precisamos conversar muito. O senhor viu que nem deu tempo de tomar sequer o nome do rapaz que o senhor queria denunciar? Depois chamam os policiais de vagabundos. O senhor vê quanta injustiça se comete contra os que investigam. Ninguém pode imaginar a trabalheira que dá investigar a vida de uma pessoa. Aliás, como é mesmo o seu nome completo?

– Serafim de Fagundes.

– Pomba! Será que o nome tem a ver alguma coisa com o destino?

Assustado e confuso, Serafim de Fagundes despede-se do investigador.

O delegado vem ver porque houve tanta demora numa simples explicação. O investigador se justifica:

– Esse aí, que acabou de sair, deve ser aquele que rouba a aposentadoria da mãe. O senhor se lembra daquela denúncia que recebemos por telefone, aquela velhinha se queixando de que sempre era lograda pelo filho? Pois fui ver se ela pagou o aluguel este mês, me informaram que não, eu acho que esse aí... Bem, na próxima sexta-feira a gente vai ficar sabendo mais.

SEDUÇÃO

Mas, entre as mulheres em sanatório, o que mais há é uma necessidade desesperada, nos momentos de lucidez ou de lazer, de comunicar problemas, desaguar frustrações, expandir queixas, contar complicações e, quase sempre, chorar.

João Antônio, *Casa de Loucos*

I
Essas dolorosas dúvidas

Que foi encontrada debaixo dos pessegueiros, entregue a grandes sacanagens, despregada de qualquer rijume de casamento, fazendo o que não devia se fazer – isso agora chega de boca em boca até meus ouvidos, por tradição do povo me paro como o último a saber.

Agora que pensava ter dado um jeito nessa minha esgrouvinhada vida, tendo abandonado a primeira minha mulher, que nem foi por safadeza nenhuma dessa, essoutra me apronta isso tudo tão pesado? Mas como posso concluir semelhantes coisas, de onde o tempo, eu, com tanto serviço e outros préstimos?

Essa gente de beira de rio gosta muito de fuxicar, bisbilhotar a vida dos outros, armar uma coisa e outra, não estando no serviço deles. Aprendem com o rio. Quanto tudo está calmo demais, botam uma enxurrada que lava tudo, deixando depois a sujeira que nunca mais sai.

Eu, pra falar a verdade, nem sei se eu devia mesmo não ter vivido com a primeira mulher minha. Vai ver, ela nem era nada disso que o povo disse que ela era. Se eu tivesse vivido com ela, hoje, por exemplo, não estaria passando todo esse trabalho, tinha os filhos grandes pra me ajudarem e me alegrarem. E decerto pra me incomodarem também, mas o perfeito não existe. Assim, eles me incomodariam um pouco, mas me socorreriam outro, por final seria mais ou menos agradável, além de eu poder assentar mais no regular essa minha vida.

Mas veja só como tudo é injusto nesse mundo e tão fora de propósito: o Ercílio não passava um dia sem correr morro acima, procurando visitar as negas, farreando a mais não poder. Eu, por recato, mas mais por conselho da minha mãe, nada fazia dessas coisas, esperando chegar a hora e casar no direito, viver para toda vida com a mesma mulher que fosse destinada pra ser minha.

Tudo fiz para conseguir isso e veja só no que me deu: estou aí já com a segunda mulher, o povo me olhando arrevesado, cada vez que eu vou batizar um filho, ou que seja compadre que seja, o padre tá com o zóio em cima de meus documentos, é sempre uma pouca-vergonha que acontece. E o Ercílio, que foi tão sem-vergonha, tão safado, tem até filho padre, filha freira, mulher do apostolado católico e, podendo, de vez em quando, tomar parte em outras batalhas. De todos nós, o mais safado e o mais santo. Esses uns o povo aprova, sem muito desconfiar.

Agora como é que eu vou ficar sem essa mulher, quem vai cuidar da velha minha mãe? – Essa a minha primeira preocupação. Tão agarrada comigo desde que eu pequeno, abandonar assim a outros cuidados a pobre velha – isso não posso e não quero. Sempre um filho encontra o que pagar nessa terra, se abandona a sua mãe ou não lhe presta os cuidados que deve merecer. Mas sem mulher, como tomar todos esses cuidados? E as crianças – viver sem mãe, quem é que quer, quem é que pode?

Porém, se ela se desleixou mesmo ali nos pessegueiros, sendo tão pertinho, minha mãe haverá de saber contar, sempre é bom tirar uma consulta com a velha, antes de se torturar com tanta agitação, afinal se eu tomar uma providência agora com muito azáfamo, posso muito bem estragar o que há de ser bem feito.

II
Esse fechado segredo

João, o meu filho tem que confiar desconfiando, tem que cuidar de todas essas coisas, mulher não é bicho com que se brinque, melhor, quando tira pra ser bisca, quem segura? Pois a falecida Rosalinda, durante tantos anos tão certa, não deu pra vadiar depois de avó? Contam que até com os próprios genros dela, onde já se viu, não tinha outros com quem se meter, pegar logo os que estavam no lugar de filhos?

Tu vem me perguntar se eu não vi qualquer arrelia dela por aí, mas como é que eu vou saber disso, pobre filho, aqui entrevada nessa cama, sem pode me mexer, como hei de ver? Mas se o povo fala é porque alguma coisa há, onde há fumaça, há fogo, o meu filho procure se informar, não com um, mas com muitos, pra tirar um tempo, e, se for verdade o que disseram, despachar essa desgraçada, com cara de tão santa e jogando barro na cara do marido, hoje em dia tem cada mulher nesse mundo que voute, ora se no meu tempo, alguma ia se descobrir ali tão no limpo? Faziam, porque mulher sem-vergonha existe desde que o mundo é mundo, mas era no mais retirado possível.

A comadre Constância, durante anos e anos, falsificou-se com aquele Béca, o marido nem nunca não desconfiou, foram saber depois da morte dele, porque numa caçada os perdigueiros acharam o casal no meio da macega e-vá-e-vá. Pensa que se envergonhou? Volta e meia debochava de si mesma, dizendo: "A comadre sabe que ando com um comichão bem aqui no lado de montar, rente à virilha!" E se a gente ria, a desavergonhada acrescentava: "O Béca também, mas lá nele é no lado de laçar que dá o comicho". E se desbodegava de rir, se comparando mesmo com animais, como se o velho alemão fosse o cavalo dela e ela sua égua. Com aquele cabelo sempre amarrado em feixe pra trás, se quisesse ser mesmo munã, o rabo é que não ia faltar.

Mas quanto a ela falsear depois de viúva, desde que não fosse assim tão na vista, importância nenhuma tinha, porque, pra uma mulher, sempre acostumada a cobertor de orelha e a dormir no quentinho, de repente ficar sem homem, mesmo não é fácil. Eu mesma, depois que enviuvei... O que tem é que os homens são muito provalecidos, vivem atucanando os cornos da gente. O velho Eufrásio, você nem conheceu, quantas vezes me atacou quando eu era parteira, indo levar nenê pras comadres. Ué, você vem me consultar e não quer que eu dê certo exemplos? É preciso dar.

Mas o que você tem a fazer com essa tua mulher é cuidar, ver o quanto é verdade o que dizem. E com quem foi que ela fez a safadeza? Com o Albério? E o Albério, aqui nos pessegueiros, teve cara de... Pois esses dias ele não estava aqui trabalhando? Mas veja só, parecia tão boa pessoa, bem, ele é homem, tem que fazer isso mesmo, mulher é que tem que se cuidar, homem faz uma sujeira aqui, sacode as calças, lá adiante é o mesmo homem.

Mas vá a mulher deixar de se cuidar. O que você tem a fazer? Ora, se ninguém mesmo não viu nada ainda, você não pode ter uma certeza, não pode nem mandar embora essa mulher, senão a lei te pega. Por a lei dava um jeito, umas bolsas de milho pro delegado, a polícia não é o mais difícil, meu filho. Mas você tem que poder provar o que haverá de alegar.

Bom, se ela prevaricou mesmo com o Albério, assim tão desaprumado e feioso, você vem podia botar ela numa prova. Tem aquele teu afilhado lá dos morros, o Juvenildo, que vem a ser meu sobrinho-neto, por causa do parentesco da senhora minha mãe com a tia da falecida Ritinha, e portanto, teu sobrinho. Um rapaz bonito daquele, tão bem apessoado, tão rosado, vermelho a mais não poder, parece que se a gente encostar uma ponta de unha nele, salta sangue por tudo, ele está na força do homem, pra ele qualquer mulher, dessas que falseiam, haverá de querer se entregar.

Pois, então, dá um jeito de trazer ele pra cá, com uma desculpa ou outra, seja serviço, seja visita, pois é nosso parente, conta bem pelo certo como é que é pra ele fazer, tudo no mais fechado segredo, se a Merência destoar, você faz ela ensacar a viola.

Não há de ser feio, coisa nenhuma, feio é você passar pelo que está passando, com todas essas crianças pra criar, tanto trabalho por fazer, e precisar preocupar-se com as coisas mais destemperadas dessa vida. Vai, faz o que eu te disse. Não vieste me pedir um conselho? Então, esse é o meu conselho. Vai ver que tua mãe não se engana no seu jeito de resolver as coisas. Então, de nada me valeram os vinte anos passados nessa tarimba, sem nada poder, a não ser recordar o passado e pensar muito sobre tudo o que me falam todos os que por aqui passam e aqui vêm? Vai, meu filho, se esta velha tem algum préstimo ainda é o que nós vamos ver dentro de pouco tempo.

III
Conversa singular

Esse coitado desse meu irmão, quando vai aprender a entender mulher? Primeiro, lasqueou-se com aquela pobre próxima lá de debaixo da serra, casando na igreja e no papel, e depois recusando-se a viver com a mulher que era pra ser sua. Agora, que estava vivendo bem, deu em desconfiar desse jeito da azarada dessa pobre infeliz, tão bonita e tão boa pessoa. Se continuar perguntando todo santo dia, a todo mundo, desse jeito, se não viram alguma estrepolia da própria mulher dele, mesmo que ela não deva nada, vai surgir um gaiato que haverá de inventar alguma história, só pra ver um cornudo se enfezar. Quando der o fim final, o triste desse meu irmão não haverá de atinar que foi ele, com esse "chove-não-molha", que provocou toda a confusão. Onde é que já se viu o marido ficar perguntando pros outros se a própria mulher dele é isso ou aquilo? E, ainda por cima, sem motivo! Quando a gente era mais moço, na força dos desejos, que ia pros morros divertir-se um pouco das intemperanças da vida, ficava ele lá por longe reprovando todos nós. Não aprendeu coisas importantes, agora tá aí no desespero das desconfianças, se molestando.

IV
Movimentos e bolinações

Nos primeiros dias, Merência mostrou-se um pouco desconfiada com aquela súbita visita. Qualquer passarinho lhe dizia que tinha areia no meio daquela história. Mas Juvenildo era simpático, o desgraçado tinha sempre uma conversa agradável, sabia de muitas histórias engraçadas, alegrava Merência, que ria pouco, mas achava tudo muito divertido. Trabalhador também, muito serviceiro, levantava cedinho e ajudava a que era pra ser seduzia a tirar o leite das vacas, separar os terneiros, tratar a criação toda, porcos e galinhas, enquanto João aproveitava a fresca para lavrar a terra, pois, depois do sol alto, que boi agüentaria forcejar na canga?

Suas histórias iam ficando cada vez mais devassas, do que a mulher aprendia a gostar. Acostumada a sempre ouvir histórias mais ou menos inocentes, contadas na maioria das vezes pela própria sogra, e quase sempre com fins moralizantes, essas de agora lhe pareciam meio desabotoadeiras, não só do riso, mas muito mais da libidinagem.

Foi que um dia perguntou àquele homem, de companhia tão agradável, porque era que gostava de reforçar daquele modo o que contava, deitando tempero para quebrar a inocência do que tinha acontecido, misturando sujeira em tudo.

Parou-se de grave aquele homem e ensinou-lhe umas quantas lições de divertimento, dizendo que o que ele fazia era apenas incluir o corpo todo nas histórias, já que a maioria dos contadores dessas ignorava importantes partes.

Seria por assim proceder que suas anedotas faziam aquele bem a ela? Ficou em dúvida, uma dúvida que foi crescendo à medida que aquele moço ia construindo em cada momento um jeito seguro de mais aproximar-se dela. Agora punha as mãos em seus cabelos para perguntar-lhe com que os lavava para ficarem tão macios, depois, um tiquinho presunçoso, deteve-se a olhar paradão nos seus olhos e, perguntando porque o olhar assim amornado, respondeu que estava a contemplar um moço bonito nos olhos dela.

Depois, procurava caminhar sempre muito perto dela quando iam de um serviço para outro; hoje, abraçava-se de brincadeira com desculpas de sobrinhagem, amanhã seria o mais esperado e para o qual ele estava contratado.

Passavam os dias, e o tio lhe perguntava se fizera algum progresso, dona Carolina dava um jeito de cochichar ao filho, quando este vinha virá-la na cama, querendo saber se estava dando resultado seu sistema. "O moço trabalha com método, vai devagar e firme", respondia João. Todos pareciam serenos, esperando o fim final. À mesa, porém, João não permitia qualquer bolinação, de olhar que fosse. Que o sobrinho lhe desse respeito à sua frente. Longe dele, porém, fizesse o que melhor entendesse, para isso estava sendo até pago, mas à mesa, não. Proibição inútil, porque por baixo a bolinação tinha continuado e se João fosse bom observador poderia ver até pelo jeito como a mulher levava comida à boca.

Com toda aquela fervura foi que Juvenildo apaixonou-se.

Aquele ar de mansa ovelha da tia se foi apoderando dele a largas braçadas, como se tivesse pressa de atravessar um rio antes da enchente, como um atalho inevitável.

Os dias passavam depressa, nem notava o sol-posto e encarnado lá no fundo das matas do tio, que era o mesmo, que chegava da roça, tomava banho na cachoeira, jantava, fumava sereno o seu palheiro, proseava com grandes naturalidades, deitava-se e fazia Merência merecedora de sua força de marido, amanhecia outro dia, vinha aquele sol lindo de setembro e recomeçavam os prazeres de Juvenildo, que começavam a ser também os prazeres de Merência. Diferente de João, aquele seu sobrinho, tão prestimoso, tão carinhoso, um amor.

Os dias não mais custavam a passar, como dantes, quando tinha que ficar calada lavando roupa, tratando a criação, atendendo as crianças, fazendo comida e tudo o mais que era preciso para completar a sua vivência com aquele homem tão mais idoso do que ela, tão rude, se bem que sempre leal, com aquela ferida em seu passado misterioso, encaramujado em poucos conversares.

A vida era agora diferente, quando ele fosse embora ela ficaria com saudade de ter por perto aquela companhia tão agradável.

E o coração de Merência amoleceu, espalhava-se agora por todo o seu corpo aquele gosto atrevido de viver contente e apaixonada.

Juvenildo sentia crescer a cada momento aquele amor pela tia, aquela força corrosiva de seus antigos esquemas. Um dia, sem qualquer plano prévio, em atrevidas bolinações, à sombra daqueles importantes pessegueiros, eles se amaram com grande força. Quando a tia percebeu o que fizera, estava deitada nua e tinha nos braços o seu esperto sobrinho. Depois daquele dia, Juvenildo ficou gostando mais da sua tia tão querida, um amor vigorosamente correspondido desenhava uma tragédia.

Passado mais algum tempo, e quando entre eles não havia mais desconfianças, resolveu abrir aquele segredo para aquela mulher que agora amava tanto.

Assustada, Merência jurou por tudo quanto era coisa santa, por si mesma, por sua mãe, pelo bem que queria ao sobrinho: tudo não passava de uma grossa calúnia.

E com o destampar daquele segredo, seu grande amor começou por transformar-se num grande ódio mortal. Não só do sobrinho, mas principalmente do marido e da sogra.

Mas, usando de serenidade, elaborou o seu plano perfeito. Contou ao sobrinho, que, nervosíssimo, lhe jurou incontido amor, louca paixão, grande amizade e muita vontade de viver com ela. Face a tão sinceros apelos, o coração bondoso de tia Merência pela primeira vez na vida manteve-se inflexível. O sobrinho não passava de um comparsa do seu marido sujo e de sua sogra rabugenta e sem préstimo.

Era preciso agora contar ao tio os resultados do trabalho, receber o pagamento e viajar de volta para a sua terra, pois todo o dia o tio perguntava pela tarefa, e era impossível atrasar mais – colocaria em jogo a sua competência, já que o tio favorecia demais nas oportunidades.

V

Crítica aos touros, cachaços e galos, que vivem na maior farra

Quando meu tio me sondou para esse serviço, dei pulos pra cima de grande satisfação, ia ganhar uma mulher assim de graça, sem muito esforço, pelo contrário, com muitos favorecimentos, inclusive esse dinheiro que ando precisando tanto para alcançar ao médico que matou meu pai. A vida para mim estava cada dia pior, ora onde já se viu ninguém entender que o danado do homem fez o velho morrer por aqueles esquecimentos dentro da barriga dele, agora a gente tem ainda é que pagar esse grandessíssimo corno, filho da mãe, desgraçado, cumpincha do diacho, socozão, mocorongo, samoco, mandrongão, vagabundo, explorador dos próximos, sem-o-que-fazer.

Minha mãe é que cada vez eu entendo menos: viuvou pelas mãos daquele açougueiro e ainda diz que fez não sei quantas promessas para arrumar logo as pelegas de mil, entregar-se pra ele e assim se livrar de outras precisões, pois não é que o desgraçado ainda teve a coragem de atucanar a velha com ameaças de que se não pagasse logo, cedo ia precisar das lanhuras dele travez?

Agora vamos e venhamos, mas se o danado do Deus arrumou esse jeito para atender a minha mãe no dinheiro, não pode ser tão bom como parece, taí, tou quase perdendo a fé por causa dessa estrepolia toda, é melhor não pensar mais nada, quanto mais o pobre pensa na vida, mais esquenta a cabeça, essa vida não é pra entender mesmo decerto, é só pra ir carregando adiante até que se possa, ou até que a gente dê os cornos num bilhete premiado de loteria e tudo muda.

Meu bilhete premiado de loteria é essa mulher, onde já se viu eu gostando de uma mulher casada, ainda por cima de tudo, minha tia e mais velha do que eu, já com duas crias, eu louco por ela, feito guri novo, morrendo de vontade de deitar com ela toda hora, embaixo do pessegal, escorregar a mão por aquele corpo tão carnudo e bonito, lisinho, um amor, eu nunca encontrei em mulher nenhuma até hoje um lombo tão gostoso, ela, quando me abraça, me abraça inteira, com pernas e coxas e braços e tudo, eu fico perdido naquele mar de corpo, uma mãe de filhos e com as tetas ainda firmes, sempre me disseram que mulher depois que ganha nenê, murcha tudo, feito as novilhas que dão cria por aí pelo pasto.

Seja como é pra ser que seja, eu não desgarro mais dessa mulher. Ela é a primeira coisa que presta a aparecer pra mim nesses anos todos. Quero é viver com mulher bonita, amanhecer, olhar pro lado e ter uma linda dona dormindo comigo, o resto é conversa de catecismo e de minha mãe, preciso mesmo é de uma vida assim, pouca coisa: um pedaço de terra, uma casinha bem arrumada, esse meu cavalo bem encilhado, alguma roupa, algum dinheirinho no bolso, que seja muito preciso, e essa minha tia morando comigo, nós dois se espreguiçando sem parar: de manhã, meio-dia, ao jantar, a pior coisa que inventaram foi a gente ter que trabalhar, pra fazer isso, pra fazer aquilo outro, tem que primeiro trabalhar. Os touros vivem na maior farra com as novilhas e vacas, os cachaços ali na mangueira só pensam em pegar as leitoinhas novas, o galo no terreiro, o que é que ele tem a fazer antes de pegar as galinhas? Pelo contrário, ainda dão milho pra ele, enche o papo, os mais bem tratados são esses tais reprodutores-machão.

O bicho homem é que leva a vida mais braba: pra tudo que queria fazer, tem que trabalhar esmurrado antes, tirante os ricos que vivem no bem-bom, mas que também têm que se preocupar com seus negócios da China.

Eu já nem quero nem saber, quero é viver com essa mulher minha tia, se ela não concordar eu nem sei o que fazer da minha vida, tou com esse dinheiro no bolso, mas sem ela sou capaz de jogar fora, só pra não ter que derramar de gracinha nas mãos daquele porco que matou meu pai. Como fui gostar tanto dessa mulher!

VI
Crítica do coração dialético ou esse casal pelado no rio

Meus filhos, a mãe hoje vai embora por um motivo que vocês não devem de saber por enquanto. Um dia desses, quando eu não chorar mais, eu ainda vou contar pra vocês o sacrifício que o pai de vocês me fez passar, manobrado por aquele toco de velha que tá lá na cama.

Eu era nova e bonita, tinha moço bom assim atrás de mim, João foi lá em casa me buscar, depois de um namoro bobo na bodega do Artidor; principalmente você minha filha, quando crescer vai saber quanto é mole o coração de um mulher por um carinho, e eu vim viver com ele, sabendo que já tinha sido casado, que nem papel passado podia ter, quando uma mulher desembesta é assim, confiei todinha nele, tava vivendo como sempre pedi a Deus, não me importando com os vinte anos a mais, com cuidar da velha, com morar com ela junto, não me importando com nada, eu queria era viver com ele, se fosse com ele, podia ser lá no fundo do mato, se fosse com ele, podia ser entre os bugres, se fosse com ele, podia ser até no inferno, mas o inferno ele me preparou sem que eu merecesse, os coitados dos meus filhos não me perguntem nada por enquanto, é cedo, certas coisas a gente só entende depois que muito tempo passou, mas por ora eu tenho é que me despedir de vocês, com essa cara que não pára de chorar, com essa minha cabeça sem capacidade de entender o que João fez pra mim, essa desgraça tão bem planejada por aquele pedaço encolhido de gente que nem pode se mexer nem pra ir no penico, e o coração da mãe a bater forte, outra vez apaixonado, mas a mãe não pode sempre só ouvir o seu coração, porque ouviu uma vez e deu errado, quem é que garante que esse homem é diferente, a mãe está disposta a fica sozinha no mundo, se é pra viver sempre com um homem com um pé no seu pescoço, mas a mãe não pode fazer isso, olham mal a mulher que vive sem homem, negam tudo a ela, é como se fosse um animal, pior, um bicho, quando meu filho crescer não seja como seu pai e tu, minha filha, tomara que tenha mais sorte que tua mãe, que agora precisa fugir de casa que é dela e ir viver amontoada de novo com um homem que ela quer muito bem, tem muito amor, mas com quem não tem muito futuro, isso porém, não faz mal, com o pai de vocês eu tinha um grande futuro que deu em nada, com esse não vejo nada na frente dos olhos, não tem essa tropia de vaca que aqui tem, não tem essa porcada, não tem esse terrenão, não tem com certeza tanta fartura na mesa, mas por enquanto não tem também traição, é com ele que a mãe de vocês vai, porque também tem muito pouca graça uma mulher passar a vida toda sem experimentar o quanto é bom ir pra debaixo de uma cachoeira de um rio na companhia do homem dela e mais coisas que os meus filhos não podem ouvir, porque a mãe nesses últimos dias tem destravado a língua uma barbaridade.

VII
Do relato da polícia

Que foi encontrado o corpo da anciã, de nome Maria Carolina da Conceição Antunes, mas que era atendida no povoado por Doralinda, por ter sido em nova mulher muito bem-apessoada, digo, foi encontrada moída a pau, tendo todos os membros quebrados, tanto os superiores como os inferiores, o rosto ensanguentado, bem desfigurado, tendo as crianças dito que foi antes de se enforcar na cruz do cemitério que o pai fez todo esse serviço de destruição da sua mãe, de quem ele cuidara durante mais de 20 anos e que...

EXPOSIÇÃO DE MOTIVOS

"O professor Ambrósio pediu-me um atestado de eficiência e boa conduta para juntar à sua defesa no processo que lhe move a Justiça Pública, que entendeu haver ele infringido a Lei de Expressão, naquela conferência que pronunciou no Dia da Criança.

Consultei o advogado do Colégio, já que se tratava de um caso delicado, qual seja o de atestar eficiência e boa conduta para alguém que se vê envolto nas malhas da Justiça. Dr. Petrônio ponderou-me que seria prudente proceder a uma pequena investigação das atividades de Ambrósio como professor, antes de lhe passar o documento.

Assim agi e agora faço chegar às mãos o resultado de tais investigações, pois tenho me consumido na leitura desse relatório, sem que tenha dirimido minha dúvida inicial, pelo que confio na argúcia de Vossa Senhoria, tantas vezes comprovada, para que possa orientar-me, por escrito, sobre a posição que devo tomar."

Top Secret – Resultado das Investigações 4A-12

"Ele tem sido excelente professor, seus alunos o têm em grande estima. Nesses anos todos em que o conheço tem sempre demonstrado invulgar capacidade na elaboração de currículos, programas etc. – deixando transparecer, impulsivamente é certo, dada a violência que imprime a seu falar, uma visão global dos problemas que lhe são afetos, bem assim uma argúcia vivencial que para a sua idade, vinte e três anos, pode ser considerada por demais precoce e alvissareira.

De uns tempos para cá chegou a essa Direção, por boca de terceiros, que ele é dado a escrever, tarefa para a qual não lhe vão faltar engenho e arte, a julgar pelas redações que tem inventado para as provas de língua nacional, cadeira de sua responsabilidade, se bem que considere sua perspectiva estética um tanto destituída de valores espirituais, para nós, religiosas, tão caros. Jamais, em conversas que mantivemos a sós com seus colegas de profissão, referiu-se a Deus contra ou a favor. O que enfatiza muito é o valor do homem como "dono de seu nariz", conforme tem se expressado não raras vezes, conseguindo com suas propostas tal apoio junto aos alunos que ouso compará-las a uma injeção de entusiasmo que se lhes enfiasse nas veias. Se pudesse contar com mais alguns professores de seu calibre, faria mudanças que há tempo venho protelando por insuficiência intelectual no quadro do magistério desse estabelecimento.

Que isso não pareça panegírico, porém. Ambrósio é senhor de algumas idéias com as quais não posso concordar. A bem da verdade devo esclarecer, no entanto, que nunca pôs públicas tais extravagâncias de seu pensamento, como, por exemplo, achar que todas as instituições estão falidas, que quem não contesta não existe; que as pessoas não se dividem em boas ou más, senão em favorecidas ou desfavorecidas, que a 'moral burguesa', como diz ele, 'é uma imoralidade devidamente constituída e hipocritamente conservada', que 'vive melhor quem é mais desonesto', que 'é uma pena ensinar a esses pobrezinhos que quem não estuda nunca vai ser *alguém* na vida, quando se sabe que todos vão ser *ninguém*, estudando ou não, a senhora não acha assim, Irmã?' e o danado expressa-se com tal clareza e convicção, firmando aqueles cativantes olhos dentro da gente, que parece mesmo Jesus Cristo em pessoa, com o agravante de estar sempre barbudo e cabeludo, igualzinho a Nosso Senhor, até loiro ele é.

Não é múltiplo amigo de todos quantos dele se acercam, apesar de ser querido pela maioria e mesmo aqueles que lhe são mais retraídos dele não terem o que queixar-se. Prefere, contudo, ao que parece, e pelas informações que andei obtendo, solidificar suas ligações de amizade com um grupo reduzido de pessoas, entre as quais só inclui uma professora (que não leciona em meu colégio, por sinal). Os mais são gente simples, tais como um mecânico, um vendedor de livros e revistas, uma cirurgiã-dentista e um sujeito chamado Tonhão, sendo que com esse último almoça quase todos os domingos. Pessoas sabedoras de mais coisas, mas que preferem o omisso anonimato, confidenciaram-me que tal professora de todos é amante e que de amigo mesmo, aqui em nossa cidade, ela só tem o tal Tonhão, conforme revelações resvaladas mercê de um uísque tomado nas comemorações do dia do professor. Inquiri das mesmas pessoas como seria esse misterioso Tonhão, mas nem elas souberam me dizer mais do que o que parece ser a característica pública do referido: gosta de correr como um louco no autódromo, sem que haja competição alguma. Um dos interrogados, que parecia gostar de corridas de automóvel, enfatizou que o amigo de Ambrósio quebrou várias vezes o próprio recorde, mas, ao ser convidado para participar de competições, nega-se sistematicamente, argumentando que competir não é divertido, é até perigoso, pois segundo palavras textuais suas 'quando se junta mais do que um, sempre tem um imbecil pra bater no carro da gente'. Assim sendo, prefere correr sozinho.

Alguém que, quando desconfiou que era investigação, não quis revelar o nome, afirmou que Ambrósio, essa enigmática criatura, tem seus maiores amigos na pessoa de um cineasta, de um professor universitário, de um literato brasileiro famoso e de um editor do Rio, que, segundo ele, lhe 'fez o favor de não publicar nada do que tinha escrito, pois ia dar complicação com a censura'.

Mora à beira do rio Iguaçu, num dos 'apartamentos' daquele conjunto residencial e, segundo a opinião de seus vizinhos, não é mau homem. Todos são unânimes em declarar que quando volta da aula – leciona somente três dias por semana – sobe logo para seus aposentos, de lá só saindo para comprar jornais, indo à banca invariavelmente de carro, pois a pé não poderia trazer o monte de jornais e revistas que sempre traz. Outros disseram que quando em casa está sempre lendo. Batem no seu apartamento de solteiro – Ambrósio é solteiro – e ouvem dizer que entrem. Abrem a porta, sempre destrancada, e lá está ele lendo, na mesa um monte de livros, que se espalham também pelo assoalho, misturados numa reviria de jornais, de onde emerge um toca-discos, sempre rodando música popular brasileira. (Seu cantor preferido parece ser Chico Buarque.)

Os mesmos vizinhos relataram ter ele o costume de datilografar até às vinte e duas e trinta regulamentares, sendo que depois sua luz permanece acesa, pelo que deduzem ficar ele lendo outra vez. 'Ele é assim' me disse uma senhora do prédio, que pediu para não ser identificada, 'quando não está lendo ou ouvindo música, está escrevendo. Quando escreve, porém, desliga o som, só se ouve o barulho surdo da máquina elétrica. Não vê tv, só lê'. 'É mesmo' confirmo outra mulher do condomínio que como sua amiga solicitou anonimato, 'outro dia precisamos levar o nenê no hospital, achamos que era meningite, sabe? E daí o carro dele estava trancando o nosso. O meu marido bateu no apartamento dele e ele, num instante, veio, penteado, vestidíssimo, atender a gente. Pedimos desculpas por acordá-lo. 'Que qué isso?' ele disse. 'Eu nem estava dormindo'. Em cima da mesa tinha um livro aberto.'

Soube também que possui hábitos nutricionais contraditórios. Não gosta de carne, preferindo alimentar-se quase exclusivamente de verduras, segundo o hoteleiro da pensão onde faz as refeições. Não ingere espécie alguma de álcool, a não ser uísque estrangeiro, para cuja escolha tem critério escocês, o que pra ele é bom, pois nessa terra só vendem uísque falsificado no Paraguai que é fronteira e fica aqui pertinho.

Quanto a seus hábitos sexuais, não me cabe investigá-los, mas, pelo que é do meu conhecimento, nada há que o reprove. Tem sempre comprado revistas *playboy*, *playmen* e afins, e penso que seja o único nesta cidade que lê tais publicações (fala bem o inglês, pude comprovar falando com ele), pois o resto compra pra ver aquelas figuras imundas que a sanha dos pornógrafos não cessa de produzir, sem que haja o mínimo coibimento.

Alunos do segundo ciclo me disseram que entre eles, Ambrósio às vezes brinca, maliciando as palavras, aproveitando-se das ambiguidades linguísticas, sejam elas lexicais ou estruturais, sempre discreto, porém, sem que a licenciosidade deixe de ser implícita apenas – e invariavelmente aparenta bom humor. O coordenador pedagógico disse-me que é impressionante a sua capacidade de rir das próprias dificuldades, 'um riso catártico, Irmã, quase político'.

Quanto ao vestuário, está sempre de calça *Lee* ou de brim, com uma camisa que se esforça por cobrir-lhe a barriga, mas não consegue. É alto e está sempre de sandálias ou chinelo, a não ser no inverno, quando usa botas pretas. Sua magreza congênita é realçada pelo apertado das roupas, contingência que leva o inconveniente de pôr em relevo certos escândalos seus, mas isso não me compete observar, assim como a maioria do que aqui vai escrito, que é fruto de investigações de terceiros. Usa desodorante estrangeiro, mas prefere tomar banho no rio, porque em seu apartamento não há chuveiro, vez que nem apartamento é, é uma sala, com uma mesa e um abajur, nem cama tem, pois Ambrósio dorme sobre uma esteira.

Sua conta bancária nesses anos todos em que reside aqui jamais ultrapassou o saldo médio de um centavo, importância que tem cuidado de não retirar para não causar óbices às operações de crédito de seus vencimentos, conforme explicou à moça do banco, cujo nome não é posto aqui para não comprometê-la.

Com a desculpa de um atestado de saúde, que é exigido no início de cada período letivo, conseguimos recolher também uma amostra de suas fezes que, levadas a exame por um médico de nossa inteira confiança, não revelou nada mais do que alguns vermes não de todo nocivos. O mesmo aconteceu com o exame de sangue, conseguido em idênticas circunstâncias, mas felizmente nossa preocupação foi vã: não porta doença nenhuma, o que me leva a deduzir que sua magreza é mais resultado de um certo estado de espírito.

O barbeiro, que não visita senão raras vezes, contou-nos que ele costuma comprar xampu para cabelos oleosos, mas teve o cuidado de solicitar, como os outros, o não envolvimento de seu nome.

O dono de uma lojinha indicou-nos que ele faz suas compras lá, e que nunca comprou cueca ou ceroula. É bem provável que resida aí nesse seu costume de não usá-las a possível discrepância de sua dianteira. Em tempo: o dono da referida loja, quando soube que se tratava de uma investigação, pediu pelo amor de Deus que não citasse o seu nome, que ele tinha filhos para sustentar. Ponderou que a investigação era por demais minuciosa, mas, quando lhe expliquei que a Gestapo procedia a averiguações muito íntimas, tornou-se branco como o crepone que estava sobre o balcão. Confessou-me que não sabia que eu era alemã, refugiada da Segunda Guerra. Quando eu lhe disse que, por imposição de Hitler, havia trabalhado no Departamento de Investigações Íntimas, da Gestapo, só faltou desmaiar e penso que não o fez somente porque teve o providencial apoio de um rolo de algodão. (Ele também fugiu da Alemanha na Segunda Guerra.)

O porteiro do cinema observou-nos – desta vez estávamos eu e o advogado juntos – que Ambrósio só assiste filme que ninguém daqui gosta. 'Quando o pessoal sai do cinema de cara amarrada dá pra prever a cara do professor, que sempre sai por último. Não esconde sua satisfação e aqui na portaria elogia o filme para o seu Moisés, dono do cinema'.

Era isso o que tinha a relatar-lhe, Sra. Delegada de Ensino, face ao impasse em que me vi envolvida, por haver o referido professor me solicitado o atestado de que lhe falei no início. Com a mesma dúvida do começo passo-lhe a responsabilidade de negar ou não o documento a esse moço, que eu tenho na maior estima, sem que isso venha significar aprovação de seus *modus vivendi*.

Certa de sua compreensão aqui fico sempre a seu inteiro dispor.

Reverenda Irmã Gabriela Blitz do Coração Imaculado."

A Diretora leu o relatório datilografado pelo secretário e achando-o conforme pôs o símbolo combinado ao pé da última página, instruindo em seguida o secretário sobre como proceder para fazer a entrega do documento.

Depois disso encaminhou-se à sala dos professores e, encontrando Ambrósio lendo num intervalo de aula, convidou-o a fazer o que faziam sempre: conversar sobre as atrocidades cometidas na II Guerra e lamentar o nível de degradação humana a que chegaram os seus compatriotas alemães. Ambrósio, como das outras vezes, ouviu tudo caladão apenas se pronunciando no fim da conversa: "A História não conta tudo, né Madre? Eu nunca li em lugar nenhum isso que a senhora está me contando."

Irmã Gabriela reitera sua amizade a Ambrósio, mas ele, talvez por excesso de precaução, não responde com iguais galanteios, preferindo sorrir enigmaticamente, sem mostrar os dentes, julgando-se indigno da amizade de uma religiosa. Nenhuma sombra de dúvida ou desconfiança aparece perpassar seu ser e ele retoma a sua leitura.

SENHORA DIRETORA*

Ofício n.º 1001/75
Sanga da Amizade, 18 de maio de 1975.

Senhora Diretora,

Vimos, pelo presente, comunicar a V.Sa. que, em cumprimento às determinações emanadas dessa digna Direção, o Grêmio Estudantil Adolf Hitler, em convênio com o Centro Cívico Benito Mussolini, ambos desse educandário, representando respectivamente os alunos do 2º. e do 1º. grau, tomou as providências reclamadas por V.Sa. em ofício codificado sob o n.º 1000/75. Assim é que:

---

* Este conto foi publicado originalmente em Estudo sobre a carne humana, livro de estreia do autor, em 1975, em Curitiba, pela Editora Hoje, na época dirigida pelo jornalista, publicitário e editor catarinense (1930-2009). A apresentação do autor foi feita pelo escritor e cineasta catarinense Sylvio Back, com quem o autor trabalhava de roteirista de cinema, num prefácio intitulado "Uverture". Este conto e o seguinte, Senhora Diretora, com um prólogo de narrativa do professor e escritor carioca Sérgio Sant'Anna (1941-2020), foram adaptados em 1975 para teleteatro na TV Cultura pelo dramaturgo paulistano Antunes Filho (1929-2009), com o título de Relatório Confidencial, título mudado depois para Exposição de Motivos quando da estreia nacional do autor como contista pela Editora Artenova (Rio, 1976), na época dirigida pelo poeta e editor Álvaro Pacheco.

1.º Tal como foi antes solicitado por V.Sa., essa agremiação encarregou secretamente dois alunos por sala para vigiarem os seus professores, anotando seus deslizes no falar, no comportar e no ensinar, bem como em outros aspectos de suas vidas particulares (investigação nas suas contas correntes nos bancos, nas cartas recebidas, na seleção de leituras etc.). Mensalmente os referidos alunos apresentarão seus relatórios por escrito. Havíamos, de início, pensado em nomear um só aluno que investigasse os professores, mas depois de umas discussões morais e cívicas, chegamos à conclusão de que se fazia necessário investigar estoutro também. Optamos então, por dois agentes que são adrede denominados: Goebbels e Goering. Goering vigia os professores e Goebbels vigia Goering. Perguntará V.Sa.: e quem vigia Goebbels? Ora, ele, Goebbels é um craque, se vigia sozinho, mas, por precaução, já providenciamos a corrente pra frente... Vivemos as benesses do entreguismo, Irmã, e não podemos facilitar. Confiamos ardentemente que estejamos sendo também vigiados por alguém de seu mando e ficaríamos bastante chocados se V.Sa. assim não procedesse, pois essa sua perigosa omissão representaria quebra de um elo da corrente pra frente. E V.Sa. é bastante lúcida para compreender que, em qualquer elo que rebente a corrente, o fracasso será inevitável.

2.º A lista dos estudantes que de uma ou outra forma contestaram ou perturbaram a ordem estabelecida segue em anexo. São em número cada vez mais reduzido esses indivíduos, pois a maioria está muito assustada com "o que vem acontecendo" e que V.Sa. sabe muito bem o que é. (Estudante é uma classe muito medrosa, Irmã.)

3.º Lembre-se V.Sa. que se uma instituição, qualquer que seja ela, perder para o indivíduo, qualquer que seja ele (mesmo que seja um estudante), no jogo da relação instituição-pessoa, tudo estará perdido, pelo que concitamos V.Sa. a desdobrar os cuidados de diligência.

Aproveitamos o ensejo para renovar nossos votos de que o 4.º Reich cresça e apareça.

Civicamente,

Pela Direção do Grêmio Estudantil Adolf Hitler,
Rudolph Silva.
Pela Direção do Centro Cívico Benito Mussolini,
Giovanni Pipas.

Para
Reverendíssima Irmã Gabriela Blitz do Coração Imaculado
Colégio Plínio Salgado
SANGA DA AMIZADE-PR

O ASSASSINATO DO PRESIDENTE

I
Depoimento do ordenança do homem

– Quando eu abri a porta, a moça virou-se sem nenhum susto e...

– Estava vestida ou pelada?

– Bem...

– Há que ser objetivo; eu tenho que registrar tudo aqui e quanto menos lengalenga, melhor para mim. Então, você só me diz: vestida. Ou: pelada.

– Mas é que não pode ser uma coisa ou outra, assim seco, no mais...

– Como não, homem? Seja exato: se estava de roupa, você: vestida. E eu prossigo perguntando a cor da indumentária, o tipo e tudo o mais. Se estava pelada, eu pego daí: vou querer saber se estava alegre ou chorando, debulhada em lágrimas ou às gargalhadas, se era feia ou bonita, casta ou lúbrica; o senhor já leu Santo Agostinho?

– Não.

– Então, diga: vestida ou pelada?

– Estava de calcinha.

– Assim não dá! No espaço da resposta, aqui no formulário, só há lugar para escrever *vestida* ou *pelada*. *Nua* também serve e é até melhor, porque a palavra é ainda mais econômica e a economia demanda elegância. Aliás, o contrário, a elegância requer economia. Não é por outro motivo que os gordos fazem regime. Mas, de calcinha, não. De calcinha estão todas as mulheres que trabalham nessa repartição, que não são muitas, mas que, se supões, estejam com os dois gomos e a baratinha bem cobertos, com calcinha de qualquer cor, desde que não sejam cores muito berrantes. E com fundo de algodão, porque o náilon e outros tecidos sintéticos prejudicam muito, às vezes até arrancam os pelinhos, deixam vermelho o lugar, fazem coçar, e o senhor já pensou a pouca-vergonha se as mulheres começam a espantar a urticária à força de unhadas como nós, homens, que coçamos o saco sem mais nem menos? De modos que *de calcinha* pode estar a senhora sua mãe, sua tia, sua irmã, sua amiga... Não, não, não se apoquente, nem fique arreliado! *De calcinha* pode estar – e com certeza estará – a minha mãe, que é uma mulher honesta, embora meu pai não mereça a virtude dela; *de calcinha* estão as freiras, as abadessas, as putas, as professoras, as garçonetes, as secretárias, as empresárias, enfim.

– Mas essas todas que o senhor nomeou, não estão *só* de calcinha!

– Ah, bom! Agora o senhor esclareceu! É que a expressão *de calcinha*, mesmo em se tratando de bundas latifundiárias, deixa implícito – veja: implícito e não explícito – que por cima haveria saia ou vestido, blusa, sutiã para cobrir as pêssegas, essas coisas.

– Pois é. Mas essa estava *só* de calcinha.

– O senhor não leu mesmo Santo Agostinho, não é? E Santo Ambrósio, o senhor leu?

– Também não.

– E Abelardo?

– Não li nenhum desses, nunca. Não acho a menor graça nesses santos.

– Não acha a menor graça? Pois não sabe o que está perdendo. Esse último, por exemplo, conta a história da própria capação e de tudo o que houve entre ele e Heloísa, também conhecida como Helô. Os mais íntimos referem-se ao livro assim: *Abê e Elô*. Leitores finos, boa dieta cultural, raro poder de síntese. Veja o senhor: para *A história de Abelardo e Heloísa*, dizem apenas: *Abê e Elô*. Maravilha!

– Não sabia.

– Não sabe de muitas outras coisas. Lê pouco, é no que dá... Seus plugues com o mundo devem ser outros. Seu poder de observação, por via de conseqüência, é pequeno. Seu modo de dizer o que vê é falho, impreciso, prolixo. O senhor vê mal e o que mal vê, descreve pior. Por exemplo: viu a moça *só* de calcinha e, em vez de dizer que ela estava assim, como enfim acabou dizendo que estava, fica omitindo um sadio e indispensável advérbio, e complicando a vida desse modesto, porém atento, escrivão.

– Desculpe. Não foi minha intenção.

– Não faz mal. Em todo caso, sabemos que a moça estava em trajes íntimos, isto é, só de calcinha. Veja o senhor que a intimidade é muito relativa: as chacretes ficam *só* de calcinha num *show* para todo o Brasil; as mulatas do carnaval, e as outras também, sacodem-se assim para milhares de pessoas e...

– Sei, sei. Mas essa de que falo estava só de calcinha branca, em sua própria cama, ao lado de um senhor morto e...

– Ué! Destravou a língua de repente? Não nos antecipemos! Vamos devagar! Bastou que eu instruísse o senhor sobre como proceder no relato e o senhor já vai contando tudo, sem aguardar pelos itens que lhe são perguntados! E o formulário? Como haverei de fazer o formulário? Há uma forma, isto é, várias formas reunidas, um FORMULÁRIO. O senhor já leu Santo Tomás de Aquino?

– Mas o senhor, pelo jeito, só leu os santos!

O escrivão tirou os óculos, pondo-os sobre a mesa ao lado da máquina. Sorriu com superioridade e complacência para o informante e interrogado. Com oito dedos sobre a mesa e os polegares sob as beiradas, disparou:

– Não tire conclusões apressadas. Eu não li somente os santos, não senhor. O senhor não sabe o que eu li, isto é, o senhor não deslinda, de jeito nenhum, o meu universo de leitura. No máximo, o que o senhor pode afirmar, é que eu lhe referi apenas os livros dos santos. E se o senhor alcançasse com sua inteligência o que eu já aludi ao senhor, sobre o que escreveram as santidades, o senhor mencionaria a sabedoria dos santos e não um raso deboche.

– O que o senhor leu mais, então? Por que, em meia hora de conversa, só referiu os santos?

– Porque escolho o que refiro de acordo com o interlocutor e as conveniências. Mas antes de lhe passar mais informações sobre minha insignificante pessoinha – o homem é insignificante, como reconheceu Nietzsche, abraçado a um cavalo numa rua italiana – quero que complete seu depoimento. Com clareza. Vamos lá!

– A moça tinha um lombo comprido e fofinho. Eu a vi de revés, ao abrir a porta do apartamento; o nome do hotel era Lux, o calcanhar esquerdo encostava na coxa esquerda, à altura de uma pinta, que nós chamamos de belezinha; os dois braços, ela os apoiava na cama, e o seio esquerdo era entrevisto num ângulo que escondia o biquinho; o ventre, o braço e a coxa formavam um triângulo; os lençóis eram brancos e a ponta de um deles estava levantada, mostrando o colchão da cama onde estava a moça; entre os dois leitos havia um criado-mudo, sobre o qual estavam os seguintes frascos de remédios: Olcadil 1mg, Halcion 0,5mg, Sonotrat sem indicação de dosagem, e Lexotan 3mg. A moça era tão bonita de costas quanto de frente. Quando eu abri a porta, ela, sem mudar o corpo de posição, virou a cabeça e, então, por trás daqueles cabelos pretos, levemente molhados, vi um rosto comprido e bem-feito, um nariz longo e levemente arrebitado, testa alta e larga, quase quadrada, olhos claros, as duas bolas verdes no canto esquerdo dos brancos, já que ela olhava para mim, e alguns cabelos estavam caídos sobre o olho esquerdo, à moda de uma tela. O homem morto era gordo, estava de bruços, com as duas mãos sobre a cabeça; era também ligeiramente careca, os braços eram grossos e, dada a posição do braço esquerdo, formava-se uma bola um pouco acima da junção do cotovelo; cobria-o parcialmente uma lã quadriculada, com linhas retas de dois centímetros de largura, em cor verde, perfazendo um debruado no desenho industrial desse cobertor; ao lado da perna esquerda da moça havia uma toalha, e manchas de sêmen espalhavam-se pelo lençol. Uma réstia de luz, vinda da porta, já que o quarto estava todo fechado, permitiu-me ver pequenas partículas de pó, à maneira de leve cerração, iluminando parte do rosto da mulher e indo escoar-se entre as cortinas. A moça era bonita e gostosa. Foi o que vi. E aquele homem não pode ter morrido em má hora.

– Malíssima, senhor. Malíssima. Viu pouco. Não lê quase nada. Viu só o que via e, por conseqüência, só o que aparecia.

E o que aparece não é todo o real, como disse Georges Simenon, o escritor francês.

– Belga. Esse eu li.

II
Depoimento da mulher do homem

– Boa tarde, minha senhora. Não se apoquente. Preciso fazer umas perguntinhas. Um homem às vezes dá mais trabalho depois de morto. Sobretudo se ele é uma pessoa ilustre como era seu esposo.

– Obrigada,

– Precisamos saber quem o matou. A senhora tem alguma idéia?

– Nenhuma.

– Está bem. Tenho uma hipótese. Me diga: qual era o maior medo de seu marido?

– Morrer durante a missa.

– Morrer durante a missa? Como assim?

– Ele ia à missa todos os domingos. Comungava sempre.

– E que perigo há nisso?

– Ele tinha um pavor, um medo horroroso, um pressentimento insuportável, uma coisa até difícil de se compreender.

– E qual era?

– Sei lá! Ele achava que a hóstia poderia estar envenenada. Um dia chegou a me perguntar se eu não sentira um gosto de *Baygon* na comunhão aquele dia. Eu sempre comungava com ele.

– E a senhora disse o quê?

– Que a hóstia estava bem fininha aquele dia, foi o que notei de diferente. Um padre novo assumira a paróquia. Me disseram que era italiano. Já chegou economizando na hóstia.

– A senhora tem mais alguma declaração a fazer?

– Tenho. Acho a polícia completamente incapaz de resolver esse enigma que vem se tornando a morte de meu esposo. Vocês nem ao menos dão conta das prostitutas, dessas desavergonhadas que vivem de bunda de fora sacolejando as tetas aí pelas calçadas, dando para todo mundo, sobretudo maus exemplos.

– A senhora já leu Santo Agostinho?

– Eu não!

– E Santo Tomás de Aquino?

– De Santo Agostinho eu me lembro. O filho da Mônica!

– Isso mesmo. Aliás, este mesmo!

– Pois é. Mas esse tal de Santo Tomás, quem é mesmo? O senhor não tem outra indicação?

– Tenho sim. É aquele baixinho, careca, gordo, até meio fofinho, com cara de guloso, bonachão, que está para dar uma risada a qualquer momento, parece.

– Ah, sim! Um com cara de anjo?

– Este mesmo.

– Dizem que era uma sumidade.

– Exato. Chegou a escrever uma suma.

– Uma o quê?

– Uma suma, minha senhora. Um resumo teológico.

– Como todo gordo, preguiçoso. Em vez de escrever uma obra completa, limitou-se a um resumo.

– A senhora não pegou bem a informação, minha senhora. A suma desse santo tem milhares de páginas.

– Bom, nesse caso, ele apenas errou o título, não é mesmo?

– Mas, afinal, a senhora já leu esses dois doutores da Igreja?

– Não sabia que eram médicos.

– Pois é. Mas são. Médicos de almas.

– Ah, bom! Não, nunca li. Mas por que o senhor me pergunta isso, sendo um escrivão de polícia?

– É que a senhora falou que nós, da polícia, aliás, nós, a polícia, não damos conta nem das sirigaitas que se refestelam por aí. E esses santos disseram que sem elas no mundo não haveria moral que se sustentasse. Que as putas são um mal necessário. Sem elas, a pouca-vergonha aumentaria, isto é, ficaria pouquíssima.

– Bem se vê que toda vez que um celibatário se mete a teorizar sobre sexo diz um monte de bobagens.

– Celibatário? Quem?

– Ué? Os dois santos. Pois não são santos?

– Quanto a isso não há a menor dúvida. Os dois são santos verdadeiros, autênticos, não são como São Cristóvão que...

– E não eram castos?

– Um deles era. Ou melhor, um deles foi. Me perdoe. Minha senhora, eu me retifico: um deles não foi, isto é, os dois foram. Mas um deles levou vida muito esculhambada em toda a sua mocidade. Por isso, esse haveria de entender de sexo e de coisas que reprovamos e de vez em quando fazemos.

– Qual deles era o sabidão?

– Santo Agostinho.

– Vai ver que é por isso que o outro engordou daquele jeito – concluiu a mulher em sonora gargalhada.

– Na mocidade o meu marido também foi dado a essas, digamos, extravagâncias, procurando vagas em estacionamentos extraordinários, "*uma hora aqui, outra ali, no vai-e-vem dos quadris*" das outras, como diz o poeta.*

– A senhora não parece muito triste, muito abalada, pela morte do seu esposo!

– O pensamento dele já se foi. O que passou, passou. Mas lembre-se de que é preciso esclarecer as circunstâncias da morte, já que todo mundo acha que ele morreu misteriosamente e pode ter sido induzido a procurar o descanso eterno com mais empenho.

– Muito proveitosa a conversa com a senhora, minha senhora. Até mais ver. Muito obrigado.

– Passe bem.

III
Depoimento do garçom, conhecido como Bispo

– Já vou lhe avisando – disse o escrivão – que preciso de depoimentos concretos, sumários, resumidos. Não basta eu ser obrigado a perguntar e escrever a um só tempo e vocês ainda me enchem a alma, para não dizer o saco, com divagações estapafúrdias. Portando, seja sintético. Você conhecia o homem?

– Conhecia. Ele bebia todo fim de tarde no meu bar, isto é, no bar em que eu trabalho.

– Bebia só ou acompanhado?

– Bebia acompanhado de uma gravatinha borboleta, pois derramava muito uísque na pobrezinha, que ficava bem bêbada

* Cantor e compositor carioca Agenor de Miranda Araújo Neto, mais conhecido por Cazuza (1958-1990).

e fora de lugar, a modo de parecer um morcego ali no seu pescoço.

– Bebia só uísque?

– Só. E não dava gorjeta nenhuma.

– E o que você, como garçom, acha desse costume dele?

– A maior pouca-vergonha. Mas, enfim, os mineiros são assim.

– Do que é que você acha que ele morreu?

– Já me disseram que de sexo.

– De sexo? Como?

– Nos braços da moça, não foi? Nos braços é um modo de dizer. Na verdade, o homem morreu entre as pernas da desgraçadinha.

– Quem é que soprou essa infâmia?

– Infâmia coisa nenhuma. E além do mais, todo mundo sabe que ele decolou assim mesmo. Aliás, melhor morte do que esta, acho que não tem.

– Mas ele começou a passar mal depois que deixou o bar, depois que bebeu o uísque que você serviu, depois que...

O garçom foi amarelando de repente.

– Mas que é que é isso? Isso é calúnia!

– O que é que é calúnia?

– Isso de dizerem que fui eu que matei o homem.

– Ninguém tinha dito isso até agora. Você foi o primeiro. Está dispensado. Não vá matar todos os que não lhe dão gorjeta, hein, Bispo, senão você dizima a população dessa cidade, que está cheia de unha-de-fome, de sovina, de mineiro, como você diz.

IV
Depoimento do médico que operou a vítima

– Doutor, sejamos francos. Eu sou quase analfabeto. O senhor é doutor. Mas me explica uma coisa: está imobilizado na mesa de cirurgia um homem que o senhor detesta. Ele vai ser operado, ou por outra, o senhor está com a faca e o queijo na mão. Que tal errar um cortezinho maroto?

– Não aceito insinuações de espécie alguma.

– Nem eu.

– Ué! Que bicho o mordeu? Que insinuação lhe fiz?

– Insinuou-me que eu estava fazendo uma insinuação, quando o que eu buscava era criar um clima, fabricar um contexto apropriado ao seu depoimento.

– Nem sei por que diabos querem saber minha opinião.

– Porque o homem morreu logo depois de ser operado.

– Mas se já chegou nas últimas, apagando!

– Digamos que a chama da vida bruxuleava frágil, mas vida ainda, quando o senhor deu uma sopradinha marota.

– É verdade que o senhor está aí limpinho, bem barbeado, elegante, sóbrio, de terno azul-claro e camisa azul-escura, com meias de lã e sapatos pretos, mas não é nenhum detetive.

– Ah! Compreendi! O doutor lê Dashiell Hammett?

– Às vezes, disse o médico com uma ponta de orgulho.

– E gosta do que ele escreve?

– Gosto tanto que quase memorizo a história. Guardo tudo: enredo, personagem, chantagem.

– Guarda tudo, mas erra o principal.

– O que é que o senhor quer dizer com isso?

– Que errou o corte do bisturi e matou o homem.

– Ué! De onde tirou isso?

– Do senhor. Como o senhor aprendeu a sua profissão? Não foi nas aulas de medicina?

– Foi. Aliás, com notas máximas nas provas. Sempre tive uma boa memória.

– Está se vendo.

– Como assim?

– Não tenho mais dúvidas de que o senhor esqueceu o trajeto exato do bisturi e cortou o homem por dentro, num lugar que provocou uma hemorragia fatal, interna. Uma morte cruel. O sangue se esvai e nem a vítima e nem os que a rodeiam vêem o sangue escorrer.

– Mas como o senhor pode tirar uma conclusão dessas?

– Muito simples. Philip Marlowe não... Aliás, deixa eu reforçar a minha hipótese. O senhor lê muito romance policial?

– Leio muito. Leio tudo o que encontro.

– E encontra muitos.

– Encontro, sim.

– Então, façamos um jogo rápido. Eu digo o nome de um personagem e o senhor diz o de seu criador. Mas tem que ser na bucha, rapidíssimo. Podemos começar?

– Podemos.

– Sam Spade.

– Georges Simenon.

– Sherlock Holmes.

– Agatha Christie.

– Doutor, o senhor é ruim de memória ou é muito mentiroso mesmo?

– Por que? Errei algum?

– Não. É que não acertou nenhum. Sam Spade é de Dashiell Hammett; Sherlock Holmes é de Conan Doyle; Hercule Poirot é de Agatha Christie; aliás, este eu nem perguntei. Está dispensado.

O médico saiu ofendido, achando uma ousadia atroz "*esse escrivão metido a letrado me humilhar desse jeito*".

V

Depoimento da moça (excertos publicáveis)

...

– Não é o primeiro velho que morre nos meus braços. Aliás, ele nem estava em meus braços, estava na outra cama, pois já...

– Já?

– Já. Ele foi rápido, ao contrário dos outros velhos.

– Que outros velhos?

– Os que vão lá se encontrar comigo. Tem o doutor...

– Pel'amor de Deus! Não me diga o nome de ninguém! Eu não quero saber de investigar a cidade inteira!

– Mas se está me perguntado!

– Seja breve, moça. Tenha pena de um pobre escrivão da polícia, obrigado a ser delegado e inquisidor ao mesmo tempo.

– Pois não. Serei. O velho morreu, isto é, saiu bem mal do meu apartamento. Eu achei que ele estava morto, mas o rabecão, interessadíssimo no enterro e portanto insuspeito, disse que seu coração batia. Olha, eu só fiz coisa boa nele. Dei um trato, sabe como é: ele sempre me pagou bem e era muito discreto. Não incomodava. Além do mais, um velho a mais em cima da gente é um velho a menos. Se bem que esse aí não gostava de ficar por cima. Ao contrário, ele sempre citava um poeta qualquer e nesse dia me disse: "*E este cavalo solto pela cama a cavalgar no peito de quem ama!*"

– Disse isso mesmo?

– Disse. Achei bonito e decorei.

– A senhora gosta de Drummond?

– Quem?

– Nada, nada, esqueça!

– Pernóstico, hein? Já está me desmerecendo, né? Gosto do Carlos Drummond de Andrade, sim, senhor; do Carlos Nejar, da Cecília Meireles, do Mário Quintana, João Cabral, todos eles. Viu, seu papudo? Estou dispensada?

– Mas é claro!

– O senhor podia me devolver, então, os meus baratos para dormir, que a polícia trouxe lá do meu apartamento?

– E que remédios são esses?

– Olcadil 1mg, Halcion 0,5mg, Lexotan 3mg, Sonotrat.

– A senhora toma tudo isso para dormir?

– Doutor, eu sou nova e bonita. Cuido do meu corpo e da minha cabeça, mas faço amor com figuras abomináveis. À noite minha alma se evapora, eu sinto como que um nojo doce, um ácido no lugar do coração, dá vontade de partir, murmuram cascatas dentro de mim, antigas aves gorjeiam nas grotas de minha'alma, meu olhar é um lume só no meio da noite e ela é tão escura, o senhor me acha parecida com que pássaro? Doutor, para dormir, só mesmo com os remédios do sono.

VI
Depoimento do escrivão (excertos)

"...acho, pois, que a morte do homem, diretor-presidente da firma em questão, deveu-se a uma série de incompetências, a saber:

Primeira: O sermão do padre foi longo demais, aborreceu-o e impediu uma digestão correta. As aleivosias do pároco fizeram a bílis do presidente derramar-se de forma irregular. Ele começou a passar mal ainda na missa.

Segunda: A mulher dele, muito ciumenta, passou o tempo todo dando cotoveladas na barriga do marido, que insistia em contemplar as pernas e o decote da senhorita X (já arrolada como depoente). Ora, isso foi azucrinando o homem de forma atroz! Tripa para cá, tripa para lá, a cada cotovelada ele piorava.

Terceira: O uísque servido pelo sujeito conhecido como Bispo, que se considera garçom, é da pior espécie, uma verdadeira soda cáustica. O presidente nem percebeu o veneno que engolia, por duas razões: (a) repartia a dose com a gravatinha borboleta; (b) estava já meio grogue quando chegou ao bar.

Quarta: O médico que o operou cortou onde não devia (folhas anexas, mostrando o local exato da incisão errada).

Quinta: O ordenança que levou o presidente para o hospital era o único que sabia onde ele estava, isto é, nos braços da moça. Disse que já o levou morto, mas diz isso por ignorância: posto que o homem não puxava o fôlego, deu-o por morto.

É como o povo simples considera a morte: a ausência de respiração, o coração sem bater.

...de todos os que depuseram, louvo a argúcia e poder de observação do ordenança, que o carregou para a ambulância. A princípio, vacilante. Melhor do que ele só mesmo a senhorita X que, aliás, leva sobre o militar uma enorme vantagem. Enquanto ele não tem dieta literária nenhuma, e é feio que dói, ele é linda de morrer, como uma potranquinha, e lê o melhor de nossa poesia. Sou de parecer, porém, que nada mais há a fazer. O homem morreu. E o erro do médico, assim como o do agrônomo, a terra encobre para sempre."

A FIGUEIRA

À beira do sinuoso Capanema, entre morros do Brasil meridional, começou a pregar uma certa Rosa, cujo nome completo, quando solteira, fora Maria Rosa da Conceição Antunes. A terra era bravia, cheia de pedras, e para todos era muito difícil tirar daquelas escarpas o sustento para famílias de dez ou mais filhos. Nas capelas de madeira, encimadas pela cruz, os missionários de tempos em tempos ensinavam que as ervas utilizadas pelas mulheres para diminuir o número de filhos eram astúcias do Coiso que, assim procedendo, visiva diminuir o número de almas a serem remidas depois de ali acorrerem para ouvir os padres, trazendo-lhes também cereais, tão difíceis de serem cultivados entre aquela morraria cheia de pedreiras; leitões, tão fáceis de serem engordados naqueles chiqueiros de madeira, sempre tão sujos, como se os porcos, à semelhança dos homens, não necessitassem de nenhuma higiene; e galinhas, tão indispensáveis durante as quarentenas das mães por causa dos caldinhos e de tanta importância na alimentação das crianças em virtude dos ovos de gemas tão vermelhas.

Não demorou para que os missionários, mesmo vindo tão esparsamente, notassem que dona Rosa era a intermediária do Demônio para aqueles ensinamentos do professor do Mal. Como sempre haviam procedido, desde os começos da cristandade, buscaram o confronto e tentaram de todos os modos aniquilar aquela heresia. A princípio em figuras de linguagem cheias de todos os disfarces, mas com endereço certo, começaram por desqualificar a sua oponente, gracejando daquela dona sabida e de suas ciências.

Mas, ou por muito parvo para compreender tantas sutilezas, ou por muito ladino para não entendê-las na medida em que os santos queriam, o povo parecia sonso e infenso àqueles ensinamentos tão cheios de deboche para dona Rosa e de ameaças para eles todos. Citaram, então, os padres, numerosos exemplos de bruxas medievais queimadas pelos cristãos para purificar aquela fé que, somente assim, ali chegara purinha para eles beberem, como a água que brotava das fontes dos morros, uma das quais cercada de lindas flores, tão formosa que havia dado nome ao lugar: Fonte Bela.

Com reverências cadenciadas e solenes, os homens deram o seu consentimento àquela metáfora. Porém, as mulheres, que mantinham com dona Rosa mais estreitas confidências, entreolharam-se com rabos-de-olho e outros sinais cheios de mistério, que revelam certa astúcia que os dominados guardam para cifrar as questões essenciais.

Num dos sermões, um dos padres, o mais novo da dupla que então voltara e o mais intolerante, comparou a família a um jardim e perguntou aos ouvintes qual deles gostaria de arrancar e lançar ao fogo a roseira mais bonita. Embora fossem poucas as famílias que cultivassem flores à frente das casas, todos entenderam o recado. Mas, para não deixar nenhuma dúvida, nem sequer aos mais simples, o jovem missionário esclareceu que toda mãe era uma roseira e que todos os seus filhos eram flores. E que o povo, cheio de sabedoria, em algumas das filhas, por semelhança, punham nomes de Rosa, Dália, Violeta; e até mesmo Açucena, nas muito belas.

Das flores às árvores era um pulinho e logo o homem de Deus sacudia os ouvintes com um temporal de impropérios, citando a passagem do *Evangelho* em que Jesus, sempre bom de metáforas, parábolas e comparações inusitadas, falava de certa figueira que deveria ser cortada e lançada ao fogo pelo escasso motivo de não dar frutos, apenas sombra.

Transmitido este último recado a dona Rosa, ela abriu a Sagrada Escritura e leu outra metáfora sobre o fogo, consolando suas clientes. "Escutem aqui, ó, eu vou ler, não são palavras minhas" – era uma advertência vinda de sua modéstia, pois suas palavras tinham o mesmo peso daquelas que iria proferir –, "está escrito no livro de Deus: *Goza a vida com tua amada companheira todos os dias de tua existência fugaz, que Deus te deu debaixo do sol, porque esta é a tua parte nos trabalhos que suportas*". Era um trecho do *Eclesiastes*, 9, 9, com a exclusão de um pedacinho do versículo, que, a bem de preservar seu estilo, dona Rosa o omitira. "Não acreditam? Quer uma de vocês mesmas ler?" Elas não duvidaram daquela outra senhora, mas nenhuma poderia conferir: eram todas analfabetas.

O padre novo, sempre ele, na semana em que lá esteve pela última vez, insistiu com outras metáforas. Foi então que dona Rosa, sempre apoiada em outros trechos da mesma Sagrada Escritura que ele citava, descartou sua estratégia inicial de não levar sua voz em conta – afinal, os missionários vinham uma vez a cada dois ou três anos e ela nascera e se criara ali, de pai gaúcho e mãe catarinense – e passou a contestá-lo em surdina, entre cochichos com as comadres, depois entre risadinhas marotas durante os tragos e por fim até os homens repetiam os deboches de dona Rosa na bodega do Artidor. E assim, o que era dito aos sopros nas várzeas, passou a ser proclamado com descuidos no alto dos morros.

Chegou aos ouvidos do padre velho que os ensinamentos deles dois, por força de um pequeno exagero do padre novo, estavam frutificando errado. Com efeito, dona Rosa, usando poucas metáforas, aludia a exemplos concretos e fáceis de serem entendidos, acrescidos de perguntas cujas respostas eram completamente desnecessárias: "Quantos filhos teve Isabel, prima de Jesus?" "Quantos filhos teve Sant'Anna, sogra de São José?" "Os apóstolos, quantos filhos eles tiveram? E cuidavam dos pequenos?" "Conheceram alguma irmã de Jesus? Cunhada – vocês conhecem?" "Pois então, aqui já tem filho demais".

Com seu perfeito serviço de bisbilhotagem, a Igreja fez chegar a Roma, passando pelas numerosas instâncias que se punham no caminho entre Fonte Bela e a Cidade Eterna, que o controle de natalidade avançava por ínvios caminhos e estava muito difícil sustentar a sã doutrina, que recomendava a procriação. Correu notícia de que, dentro das hostes da própria Santa Mãe, padres mais tolerantes e certamente mais realistas haviam chegado à conclusão de que o mais prudente seria deixar aos pais – ou aos poderes do Estado, de acordo com peritos em direito canônico – a tarefa de limitar ou não o número de filhos por família.

De qualquer forma, mesmo muito distante do Rio e de Roma, a Igreja sabia que no Brasil os filhos de Deus eram sempre em menor número que os filhos dos homens, já que os senhores fornicavam com suas subalternas desde os primórdios da colonização. Esse fora um costume que nem o padre Antônio Vieira, sempre tão zeloso do *Evangelho* mas jamais imprudente, ousara combater em batalhas de confrontação, buscando, muito ao contrário, a persuasão doce, aludindo de passagem a esses ritos de uma sexualidade doentia que, na Terra de Santa Cruz, já estavam incorporados à própria cultura popular, pois nem todos eram maus e de alguma forma até mesmo as concubinas e esposas acabavam por aprovar aqueles costumes. A linha reta de resto não era nesses trópicos a menor distância entre dois pontos.

No embate interno, porém, ganhavam as forças que se perfilavam ao lado do padre novo e, então, Paulo VI lançou uma encíclica especial sobre a questão, intitulada *Humanae vitae*. Nela se prescrevia que a vida humana não poderia ser tolhida, impedida ou interrompida, a não ser através de métodos naturais, como se algum dos utilizados até então não o fosse. Voltava-se a Pio XII, que, por sua vez, voltara a São Paulo: quem não quisesse filhos, que não fornicasse.

O aborto era legalizado em vários países. As ervas receitadas por dona Rosa não eram sequer do conhecimento dos que faziam as leis. E os casais passaram a ter os filhos que queriam, ali nas barrancas do Capanema. Além disso, a velha senhora medicava as mulheres, benzia de muitas outras coisas e espantava o Demônio do coração de várias pessoas tidas por meio enlouquecidas.

Os missionários não voltaram mais. No lugar deles, agora visitava aquele povoado com muito mais freqüência um certo padre Lírio, holandês de procedência, leitor de teólogos rebeldes, que dizia ao povo palavras como essas: “Isso, de filhos, é com vocês; eu nem sequer sei fazê-los; como poderei regular a economia deste assunto?” Com sua franqueza cativou aquele povo, no que foi auxiliado pela má língua que grasnava. Falava um português cheio de sons guturais, de sílabas fortes e arrevesadas, em tudo contrárias à alma da língua nacional, e isso o igualava aos do lugar, que se expressavam num misto de português, italiano, polonês e alemão, temperado por expressões idiomáticas estranhas à língua dos escreventes.

Tempos depois rebentou a revolução por causa de terras. Alguns lembraram que os antigos missionários estavam com a razão. Seria bom que todas as famílias tivessem mais filhos agora, pois eles iam morrendo nas emboscadas de uma guerra que, numa língua bem diferente daquela que eles falavam, era chamada de arruaça, desordem, bagunça, entrevero. Dúvidas havia quanto às palavras, jamais quanto à gravidade dos eventos e ao número de mortos. Os velórios eram feitos em casa. A morte, que sempre fora caseira para eles, sem a solenidade de necrotérios e sepultamentos oficializados, visitava-os com muita freqüência e sempre de surpresa, sob violências. Não se morria mais das antigas doenças ou acidentes. As árvores não caíam mais por cima de ninguém que as estivesse derrubando para as queimadas. As moléstias de antanho, como o sarampo, a tuberculose e infecções diversas não abatiam mais ninguém. Agora, pequenos pedaços de chumbo – arremessados sob pressão, de uma distância segura para quem efetuasse a operação apocalíptica – conhecidos também como projéteis e balas, e lâminas de um metal alumiante ou lustroso de tão preto, conforme seus usuários, também conhecidas como facas, cortavam as pessoas e faziam jorrar um sangue muito bonito de tão bem corado. Em todo o mundo – os mais velhos ensinavam – os problemas fundiários haviam sido resolvidos com aquele detergente vermelho que o homem trazia dentro de si para limpar a terra da imundície de proprietários que a possuíam para nada plantar. Até nos Estados Unidos tinha sido assim, diziam; quem tivesse a propriedade e não a ocupasse era obrigado a sair para que gente mais bem-disposta pudesse plantar, e assim alimentar as cidades que iam sendo semeadas por todo o Brasil, além das outras já existentes, que cresciam muito rapidamente.

O padre holandês ficou amigo daquele povo, que passou a respeitá-lo muito mais do que aos antigos missionários, sobretudo porque durante a revolta ele ficara do lado certo, encorajando-os como pudera. Outras versões davam-no como um dos mais eficientes insufladores da memorável porfia.

Dona Rosa e seus métodos foram vencidos por outras contestações. Feita a nova divisão e legislação da terra, veio o asfalto, acompanhado de um séquito comercial que incluía uma farmácia. Foi o que bastou para dona Rosa perder sua antiga clientela. E, ainda que poucas, as escolas ali instaladas levaram crianças e adultos a ler jornais, livros e revistas. E, sobretudo nessas últimas, outros métodos de viver, não apenas de controlar o número de filhos, eram ensinados sem que nenhum missionário pudesse contestá-los.

Dona Rosa, já velhinha e caduca, era ouvida com respeito por causa de seus antigos ensinamentos, mas iam morrendo aos poucos aqueles cuja memória guardava o rol de benefícios que ela havia feito para o povoado. Nos últimos anos de vida, Rosa elaborara uma estranha doutrina, segundo a qual Deus não era pai, mas mãe. Entre outras discrepâncias, afirmava também que, no final dos tempos, não seria nenhum Todo-Poderoso que viria julgar os vivos e os mortos, sentado num trono de nuvens, mas sim, Nossa Senhora, que aproveitaria a ocasião para desmentir a muitos, dando a sua própria versão dos acontecimentos da História da Salvação, e perdoando a todos porque, sendo mãe do Redentor, não poderia guardar rancor ou cultivar sentimentos de vingança.

Alguns riam, outros choravam.

A televisão veio fazer uma reportagem.

No dia em que os do lugar puderam ver dona Rosa em suas casas, vestindo um lindo vestido vermelho, ela já havia sido enterrada, e pareceu a muitos deles que a vida era, mesmo, mágica, pois sempre atestando a veracidade de assombrações e aparecimentos de mortos, dona Rosa aparecia agora ela mesma, falando com a maior naturalidade.

Não houve filhos nem filhas para chorar a sua morte. Rosa era machorra, como então se dizia.

O RATO NA BALANÇA*

A luta foi no pátio do Grupo Escolar. Talvez eu o vencesse, mas Carlinhos, meu colega de classe, era muito esperto e começou a bater em mim com um fio elétrico, deixando minhas pernas cheias de manchas vermelhas. Doeu muito. Mas doeu ainda mais ser vaiado por seus comparsas. Naquele dia todos os meus poucos amigos haviam faltado à aula.

Carlinhos jogava no time que dali a alguns dias enfrentaria o nosso e não perderia por esperar. Eu era meia-direita, meu modelo era Didi. Sabia que o príncipe etíope era uma elegância só. E procurava imitá-lo em campo. Mas eu só sabia dele pelo rádio. Jamais vira uma única jogada de Didi.

Na semana seguinte, meninas e meninos foram à beira do gramado para a sensacional peleja. O nosso goleiro era Semenrique, enorme e gordo e, coisa surpreendente, com uma agilidade extraordinária. Seu modelo era Gilmar. "Agarra, Gilmaaaaaaaar!", ele gritava quando pegava qualquer bola, por mais fraca que fosse.

Naquele dia, porém, não sei qual foi o espírito de porco que amarrou dois pés de capim à direita de onde ficava o goleiro.

---

* Este conto chamou-se originalmente: 1958, o ano em que os pobres venceram.

A jogada começou assim: tomei a bola de Arturzinho e passei a Moacir. Este começou a rir do tombo que Cacildo tomou quando correu em sua direção. Enquanto ele ria, Carlinhos tomou a bola dele e disparou no rumo do gol. O campo era pequeno, tudo foi muito rápido. O chute saiu fraco, mas Semenrique, o nosso goleiro, tropeçou no capim amarrado e caiu com a cara na grama, de uma forma ridícula. E ainda por cima começou a chorar.

A juíza era uma das professoras, a dona Estela, a primeira a usar calça comprida naquela cidade. Apitava as partidas vestindo eslaque. Não procurem no dicionário. Era *slack*, que em inglês significa frouxo. Designava as primeiras calças compridas que as mulheres brasileiras mais moderninhas começavam a usar, tão logo terminara a Segunda Guerra Mundial.

Corremos para dona Estela, o nosso Armando Marques de saias. Linda aquela mestra! Eu tinha paixão por minhas professoras, mas a minha preferida era outra, que tinha um cheirinho bom e me alfabetizara. Seria fiel a ela a vida inteira porque os prazeres que a escrita me deu, sem exagero posso dizer que poucas mulheres me deram ao longo da vida. Ou melhor: se não fosse eu saber ler, não teria aprendido a amar as minhas amadas. Nem aquelas de minha infância profunda, quando nasciam em mim os mais puros do amores, sem sexo, com toques de carinhos, nem todas as outras que vieram depois, com sexo, sem toque nem carinhos, e com sexo, toques, carinhos e outras essências que descobri mais tarde e que apenas umas poucas tiveram. Uma delas ficou minha namorada para sempre. Para sempre, eu digo, é até agora. Porque também na vida, como no futebol, uma jogada de um segundo pode mudar uma partida inteira.

Voltemos à dona Estela. Passou a mão em meu rosto suado, esfregou meus cabelos e disse: "Aprenda uma coisa, menino, você que não é burro: futebol tem regras e o juiz não pode apitar falta de capim amarrado, entendeu? O que não é proibido, pode fazer! E não é proibido amarrar o capim que o goleiro pisa!"

Deveria ser por razões análogas que ela namorava o farmacêutico, um homem casado. No regulamento do Grupo Escolar não havia nenhuma regra que proibisse dona Estela de namorar farmacêuticos ou homens casados, nem que os dois ofícios fossem combinados.

E para o segundo gol, qual foi a desculpa de Semenrique? Um frango daqueles, a bola veio rolando, rolando, rolando e passou entre as pernas gordas de nosso goleiro. Ele disse: "Eu ia pegar ela, mas *ni* que eu vi, puft, ela passou redondinha, vai ser difícil virar esse jogo!"

Virar? Tomamos mais dois logo no início do segundo tempo. Fiquei distraído com aquele carinho de dona Estela e passei a jogar perto do juiz, se é que me entendem, porque a blusa saiu do eslaque e eu passei o tempo todo de olho na barriguinha e nas costas de dona Estela. Jamais pensara que professora também tinha umbigo! No segundo tempo fiquei mais atento ainda a outros movimentos: o dos seios de dona Estela, balouçando entre os meninos. Mais tarde vim a compreender todos os encantos daquela professora, sobretudo os ocultos, porque o farmacêutico separou-se da mulher, matou um homem que mexeu com sua amada, saiu dali e foi viver no costão, plantando banana, milho, feijão, uva. E dona Estela amarrava um lenço na cabeça e sem perder a elegância ia para a roça. Tiveram dois filhos. Nos fins de semana, os filhos do outro casamento do farmacêutico iam visitá-los, a criançada brincava feliz que nossa! O único que os amaldiçoava era o padre, mas este amaldiçoava todo mundo que não concordasse com ele. No começo, ele tinha grande autoridade, mas depois que o povo descobriu que ele se encontrava às escondidas com a mulher do açougueiro atrás do altar, pediram para que o Bispo o transferisse dali e mandasse um padre velho, porque padre novo dava muito problema. "Que problema?", ousou perguntar um dia uma senhora desavisada. "Os problemas da carne", respondera uma senhora do apostolado da oração. Na época, muitos de nós pensamos em roubo de peso no açougue, porque o açougueiro era muito amigo do padre e dava carne de graça para ele todos os dias. Sempre o melhor pedaço. Também era o melhor pedaço que sua esposa oferecia ao padre nas tardes vazias daquela cidade tão pequena e, por isso mesmo, tão cheia de fofocas.

Dona Estela chegou-se perto de mim, não precisou se esforçar muito, eu estivera toda a partida ali por perto dela, e me disse com aquela sua voz de cetim, seus grandes olhos negros: "E tu? Não vais fazer o teu gol?" "Tenho medo do Carlinhos", eu disse, "ele é muito bruto e semana passada me deu uma surra com um fio elétrico". "Mas aqui no campo é diferente, se ele te bater ou derrubar, é *fau*". Naquele tempo não se dizia falta, se dizia *fau*. O inglês ainda dominava o futebol. E mesmo Semenrique, quando escolhia a posição, não dizia goleiro; berrava: "O *quíper* sou eu!"

Recebi a bola de Moacir. Não pude dominar direito, então toquei ao lado de um zagueiro deles, corri pelo outro lado, tomei a bola adiante, esse drible era chamado de meia lua, o zagueiro escorregou, todos riram muito e gritaram, segui em disparada em direção ao gol deles, eu queria fazer o meu de qualquer jeito, o Moacir apareceu de repente ao meu lado, pedindo a bola, livre dentro da grande área já, mas eu não passei a bola para ele e – vejam só! – quem aparece na minha frente como o último menino antes do goleiro? Justamente o Carlinhos! Não sei quanto duraram aqueles pequenos momentos que eu não sabia ainda medir na vida; frações de segundo, mas eu era péssimo em frações na aula; aqueles números em cima e embaixo de travessões me confundiam, não eram como as letras, que a gente só precisava cuidar bem delas na caligrafia, num caderno de pautas, que trazia dois carreirinhos, um para cada tipo de letra. Só sei que eu fazia que fosse e ouvia o Carlinhos ameaçar "Tu faz que vai, mas não vai e eu te pego pelo outro lado". Mas eu fui pelo mesmo lado porque num daqueles minúsculos e exatos momentos me lembrei do Garrincha, que ia para aonde ameaçava ir, pela direita, por onde sempre saía, fiz o mesmo e chutei de pé esquerdo, mesmo não sendo canhoto, porque não dava tempo de trocar. A bola saiu mascada, mas passou pelo Carlinhos, que ainda teve tempo de se virar, passou pelo goleiro deles e entrou enviezada e torta lá no cantinho. 4 x 1 para eles, mas o meu eu fiz. Corri para dona Estela e nunca mais me esqueci daquele abraço.

A psicóloga disse que nasceu aí minha paixão por mulheres mais velhas do que eu. Não posso vê-las, sinto um aperto no coração, vontade de celebrar alguma coisa. Na última vez que fiz isso na rua com uma desconhecida, eu disse: "Posso abraçar a senhora? É sem maldade!" "Mas aqui?", ela disse, "aqui no meio da rua?" "Aonde a senhora quiser", eu disse. Ela falou de soslaio: "Você disse que era sem maldade!" "Mas é sem maldade", eu disse, "pode ser ali naquele cantinho, perto do Banco do Brasil, em frente ao Correio".

Entardecia. Agarrei aquela mulher de blusa branca e saia preta, de cabelos molhados, ela também me abraçou e disse: "Eu não entendo mais os homens". Eu disse: "Eu também não entendo mais o mundo, como ele é diferente do que eu imaginava em minha infância!". "Sua infância?", a mulher perguntou. "Sim", eu disse, "sim, sim, sim", eu repeti bem agarradinho, "sim, dona Estela, eu jamais esqueci da senhora!"

Por que fui dizer isso? Estraguei tudo, como homem é bobo, mulher gosta de segredo, é por isso que todas escondem a idade, para terem pelo menos um segredo, e eu só confio em mulher que esconde a idade, porque é capaz de guardar uma confidência. Ela me empurrou, soltou-se daquele abraço, porque abraçado a gente só vê as costas e a bunda da pessoa, e ela queria me olhar nos olhos, e me disse com seus dois grandes olhos negros molhados daquela luz eterna que a alumiaria a vida inteira: "É você?" Eu falei: "Sou eu, a vida continua de 4 x 1 para eles, mas o meu eu fiz, o meu eu venho fazendo sempre que posso!"

Dona Estela saiu caminhando pela calçada, depois que me deu seu telefone. Os mesmos saltos, o mesmo taque-taque nas pedras. Apesar de eu preferir a música dos clássicos para escrever, me veio à mente esse verso: *Garrincha, Didi, Vavá/ na linha são os primeiros/ com Zagalo e Pelé/ atacantes pioneiros.*

Jamais tive oportunidade de dizer a Garrincha, a Didi e a Vavá que eles me ajudaram a ser escritor, a ser professor, a estudar, a lutar, a virar partidas, ou ao menos a fazer o nosso! Eu torcia pelo Botafogo. A linha de nosso time era a da seleção brasileira: Garrincha, Didi, Quarentinha, Amarildo e Zagalo. Carlinhos torcia pelo Santos. A linha do Santos: Dorval, Mengálvio, Coutinho, Pelé e Pepe. Carlinhos não era fraco, não!

Mas a memória, que em mim brota todos os dias às vezes mistura as datas. Pois em 1962 foi quase a mesma coisa. Em 1970, de novo. Demos um baile no Chile, repetindo o glorioso feito da Suécia, e depois também no México, devem estar fazendo Comissões Parlamentares de Inquérito até hoje na Suécia, na Tchecoslováquia e na Itália para levantar os verdadeiros culpados daqueles três países que entregaram o jogo para a gente. 5 x 2 na partida final na Suécia, contra os donos da casa. 3 x 1 em cima da Tchecoslováquia. 4 a 1 sobre os italianos em 1970, no México. Nos EUA, quando ficamos tetracampeões, não teve a mesma mágica porque já andávamos muito exigentes num tempo em que não podíamos exigir tanto, e também porque empatamos com a Itália, decidindo o título nos pênaltis. Ou porque éramos outros, não sei ao certo. E em 2002, na Ásia, vencemos os alemães na final e todos passaram a dizer: *todo mundo tenta, mas só o Brasil é penta.*

E sabem o que dona Estela me disse a última vez que nos encontramos? Que Carlinhos é cartola! “Ele era boiola”, eu disse, “ele e o Semenrique, todos sabiam”. “O Semenrique é cabeleireiro numa cidade aqui pertinho, eu já arrumei meu cabelo lá”. “Ele deve ser um grande cabeleireiro”, eu disse, “se bem que com a senhora é fácil deixar seu cabelo bonito, porque a pessoa inteira é”. “Pára com isso”, ela me disse, “você disse que era somente um abraço”. “Agarra, Gilmaaaaaaar!”, eu disse, mas dona Estela ponderou: “Cuidado, o outro ficou boneca”. “Não ficou quem sempre foi”, eu disse.

E tudo isso escrevo para dizer que eu nasci em 1958. Dez anos depois de ter vindo ao mundo.

Mas dona Estela, que veio me esperar em outra idade, quando nós dois também já éramos outros, sendo os mesmos, que me tem dito e feito coisas prodigiosas, depois de nosso célebre reencontro, tem outra explicação para tudo. "Como é mesmo o nome daquele autor que você citou outro dia, dizendo que a gente nunca sai da terra?" "São João", eu disse. "Você lembra a frase inteira? Aliás, do que você esquece?" "O que é da terra, fala da terra, volta para a terra, não sai da terra", eu disse. "E o autor ainda ficou santo!", me disse ela. "Santo não é aquele que foi para o Céu?" "Pode ser que o Céu seja na Terra", eu disse, "pois quando amamos de verdade, é nele que parecemos estar, pelo menos é assim que nos sentimos, não é?", perguntei afirmando. "Nada disso. Você, naquele dia em que nos abraçamos, lembra como oscilamos de leve, sem que os outros ao redor percebessem? Você balançava meu corpo devagarinho, balançava o seu, fazendo balançar tudo ao meu redor, eu deveria saber, mas quando fui sua professora jamais liguei uma coisa com outra, você é Libra, o outro nome de Balança, faz balanço de sua vida a vida inteira e um dia vai me abandonar, embora me diga o horóscopo que Libra é fiel. Fiel ao modo dos nascidos sob esse signo. Voltam sempre ao mesmo porto de onde partiram, mas o que mais sabem fazer é navegar mar afora, navegação de cabotagem, sem grandes aventuras. E no chinês você é Rato. Rato da Terra. Ai, meu Deus, estou perdida! E um dia vou te destruir, está escrito nas estrelas do zodíaco, previsto por antigos sábios da China e da Babilônia, que nós dois não combinamos".

Falou tudo de um jato só. Era ao entardecer, a hora mais agradável do dia, pássaros gorjeavam na varanda onde estávamos, um chinchila nos contemplava silencioso. E aquela não era a primeira vez que ela se feria ao falar de nós.

"À semelhança do morcego, eu também sou mamífero. Mamífero é assim, precisa de carinho, ainda mais sendo bicho voador, de hábitos noturnos", disse eu. "Estela, minha estrela, posso dizer com segurança, como fez Maria quando sua prima Isabel a visitou, a senhora faz em mim maravilhas!"

Minha amada era muito querida e demonstrava isso com *shows* de delicadezas, a começar pela atenção que prestava às palavras que eu dizia. "Como todo homem diante das mulheres, qualquer que seja ela, mas muito pior se for a sua amada, o morcego não vê nada na noite escura, pois é quase cego. Como se salva, então? Faz como São João da Cruz, que se salvava rezando? De jeito nenhum. Morcego, palavra que veio do latim e significa rato cego, emite ondas para desviar-se de obstáculos durante o vôo. Posso dizer, então, que ele se desvia da maldade, escutando seus inimigos".

"Morcego? Escutando? Você, o que mais faz é falar como um papagaio! E eu sou seu obstáculo?", me perguntou Estela, sorrindo com verve, como sempre.

"Sim, você é meu grande obstáculo", eu disse, "a principal barreira que tenho na vida, é o baluarte que me impede que eu abrace o abismo e mergulhe nas trevas infinitas de onde todos viemos, reintegrando-me à divindade cujos desígnios insondáveis me trouxeram ao mundo".

"Afinal, você é rato, morcego ou deus?" "Todos somos deuses", eu disse, "mas só quando queremos, pois todos os dias fazemos tudo para negar a transcendência que nos foi dada como o maior presente desta vida".

OUTRAS OBRAS DO AUTOR

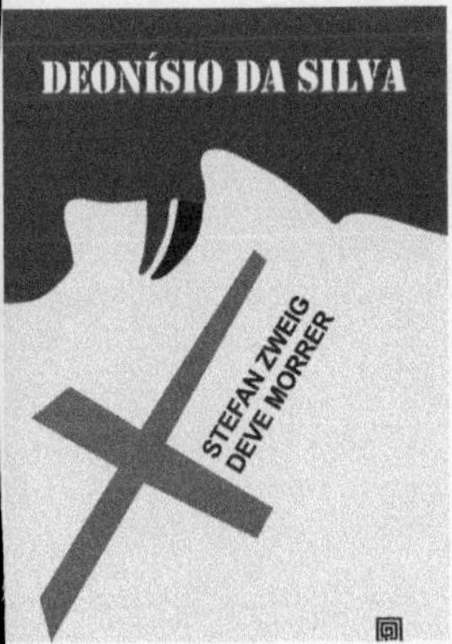

Stefan Zweig deve morrer

A Vida Íntima das Frases & Outras Sentenças

Mil e Uma Palavras de Direito

Teresa D'Ávila

De Onde Vêm as Palavras